小說新賞

海盜船的寶貝

海公大紅袍全傳

原著　清·佚名
編寫　陳景聰

三民書局

我常常思索著，我是怎麼成了一個説故事的人？

有一段我已經忘卻的記憶，那是一個沒有什麼像樣娛樂的年代，大人們忙著養家活口或整理家務，大部分的孩子都是自己尋找樂趣，妹妹告訴我，她們是在我説的故事中度過童年的。我常一手牽著小妹，一手牽著大妹，走到家附近那廢棄的老宅前，老宅大而陰森，厚重而斑駁的木門前有一座石階，連接木門和石階的磚牆都已傾頹，只有那座石階安好，作為一個講臺恰到好處。妹妹席地而坐，我站上石階，像天方夜譚般開始一千零一夜的故事。

記憶中的小時候，我是個木訥寡言的人，所以當小妹説起這段過去時，我露出不可思議的神情，懷疑她説的是另一個人的事。雖然如此，我卻記得我是如何開始寫故事的。那是專三的暑假，對所有要上大學的人來説，這個暑假是很特別的假期，彷彿過了這個暑假就從青少年走入成年。放暑假的第一天，我從北部帶著紅樓夢返家，想説漫長的暑假適合讀平日零碎時間不能完整閱讀的大部頭。當我花了兩個星期沒日沒夜看完紅樓夢，還沒從寶黛沒有快樂結局的悲悽愛情氛圍中脱身，突然萌生説故事的衝動，便在酷暑時節，窩在通鋪式的臥房，以摺疊成山的棉被權充書桌，幾個下午就完成我的第一篇短篇小説、我説的第一個故事。寫完時全身汗水淋漓，用鉛筆寫的草稿也被手汗沾得處處字跡模糊，不過我不擔心，所有的文字都在我腦海中，無需辨認。之後我又花了幾天把草稿謄在稿紙上，投寄到台灣日報副刊，當那個訴説青春少女和遲暮老人忘年情誼的小説變成鉛字出現在報紙副刊，我知道我喜歡説故事、可以説故事，於是寫了一篇又一篇的小説，直到今天。

原來是經典小説帶領我走入説故事的行列，這段記憶我始終記

得，也很希望在童年時代還耐不下性子閱讀原典的孩子們，能和我一樣在經典故事中成長。

　　雖然市場上重新編寫經典小說的作品很多，但對我這個有兩個少年階段孩子的母親來說，卻總覺得找不到適合的版本，不是太簡單，就是太難，要不然就是刪節得不好，文字不夠精確等等，我們看到了這當中的成長空間，於是計畫進行一套經典小說的改寫版本。

　　首先我們先確定了方向，保留較多文學性，讓這套書適合大孩子閱讀；但也因為如此，讓我們在邀請撰稿者方面碰到不少困難。幸好有宇文正、石德華、許榮哲等作家朋友們願意加入，加上三民書局之前「世紀人物 100」的傳記書系列，也出現了不少有文采、有功力的寫作者，讓這套書可以順利進行。對於文字創作者來說，創意是珍貴的資產，但改寫工作就像化妝師，被要求照著一張照片化妝，不能一模一樣，又不能不一樣，一些作者告訴我，他們在撰寫這系列的書時，常常因為想寫的和原著不太一樣而卡住，三民書局的編輯也常常要幫著作者把寫作節奏拉回來，好幾本書稿都是初稿完成後，又大幅刪修，甚至全部重寫。辛苦的代價便是呈現在讀者面前的這套書——文字流暢、故事生動，既有原典的精華，又有作者的創意調拌，加上全彩印刷、配圖精美。這是我為我的孩子選擇的一套書，作為他們告別青春期的最佳禮物，希望能和天下的學子、家長們分享，也期待這套「大部頭的套書」，經過作家們巧妙的改寫、賦予新生命後，保留了經典的精神，又比文言白話交雜的原典更加容易親近，讓喜歡聽故事、讀故事的孩子，長大後也能說故事、寫故事，於是中國經典文學的精華就能這麼一代一代傳誦下去。

林黛嫚

作者的話

剛毅正直的好人

中國古代，至聖先師孔子要弟子「學而優則仕」，亞聖孟子有「勞心者治人，勞力者治於人」的名言；民間則有「萬般皆下品，惟有讀書高」的說法。聖人勉勵優秀的讀書人出來當官，當然是希望他們秉持仁民愛物的精神，體恤百姓，照顧平民。但其實在民意不彰，官府高高在上的舊時代，功利主義極其盛行，「當官」被讀書人視為「求上進」的途徑，莘莘學子寒窗苦讀，莫不以「書中自有千鍾粟，書中自有黃金屋，書中自有顏如玉」來自我勉勵，期望「十年寒窗無人問，一舉成名天下知」，從此登上仕途，升官發財。

當官就能掌握權力，官位越高，權力越大。權力雖能實現改善人民生活的理想，卻也是最容易使人腐化的東西。一般人的本性皆是覬覦權力，樂於掌控決策權和指揮權的，而且往往在掌權之後，便開始頤指氣使，變得判若兩人。為了升官，下屬會逢迎上司，阿諛諂媚，甚至巴結賄賂，無所不用其極。如此一來，權力就被拿來當作奪取利益，搜刮錢財的工具，可憐的百姓自然被官員視如草芥，任意踐踏壓榨。

在君主專制的古代社會，國君掌握天下的資源，包含官員的任用權和百姓的生殺大權。生活在這樣的時代，人民的命運可以說只有一半掌握在自己手中，另一半則受到國君左右。英明的國君當政，會拔擢清廉正直的官員來協助自己統治天下，使得百姓安居樂業；昏庸的國君當政，會任用奉承阿諛的奸臣來奴役天下，害得百姓苦不堪言。

本書的主角海瑞生在明朝，當時雖有科舉制度，讓寒窗苦讀的平民通過考試，得到當官的機會，但因為皇帝昏庸，以致朝中奸臣當道，其中的罪魁禍首，就是海瑞的死對頭嚴嵩。

　　嚴嵩是明朝歷史上最腐敗的權臣，他在皇帝面前極盡諂媚奉承之能事，在朝中則爭權奪利，排除異己，陷害忠良，獨攬國政近二十年。他收受賄賂，大肆貪汙，甚至還侵吞軍餉，廢弛邊防，害國家陷入危機。但是嘉靖皇帝竟然受他蒙蔽，對他寵信有加。

　　海瑞則是明朝最著名的清官，他廉潔自持，剛正不阿，執法嚴明，忠言直諫，深受廣大百姓愛戴。面對嚴嵩的強權霸道，正直的朝臣為了自保，都噤若寒蟬，唯獨海瑞敢伸張正義，挺身與嚴嵩對抗。海瑞勤政愛民，打擊貪汙的事跡，在他生前已經到處傳頌。海瑞死後，他令人景仰的生平事跡更被大量改編成小說和戲曲，在民間流傳。

　　俗語說得好：「虎死留皮，人死留名。」人生再長也不過百歲，如果將自己的快樂建築在別人的痛苦之上，一味追求物質享受，卻跟嚴嵩一樣，在死後遺臭萬年，那值得嗎？海瑞愛民如子，不貪不取，雖然生活清貧拮据，他卻視為當然，甘之如飴。他早已將物質欲望摒除在自己的人生理想之外，致力於追求精神上的滿足，把百姓的痛苦當作自己的痛苦，把百姓的幸福當作自己的幸福，所作所為在在都使百姓受惠，因而留下千秋萬世的美名。

　　海瑞「清廉剛正，始終如一」的品格，最叫筆者佩服。從古至今，讀聖賢書的讀書人，哪個不是懷著為國為民的理想通過科舉考試，步入官途的？可是一旦沾染上官場習氣，面對上司的索求指使和下屬的諂媚逢迎，又有幾個人能夠一本初衷，絕不隨波逐流呢？

　　今天，我們生活在自由民主的社會，每個人的基本權利，都受到憲法的保障，而且人人都有機會透過選票，選出優秀的執政者，不必擔心官員胡作非為，魚肉百姓。我們閱讀海瑞的故事，不免要

慶幸自己生對了時代，因為在民意監督政府的民主制度下，公理正義無須靠像海瑞這種難得的清官來伸張 ， 大家就能夠充分發揮才能，完全掌握自己的命運。

　　海瑞不僅是優良官員的典範，也是忠貞品格的楷模。即使是不想當官的人，也可以培養跟他一樣的慈心善念，學習他維護公理，伸張正義的道德勇氣，當一個剛毅正直的好人。

陳景聰

海公大紅袍全傳

目 次

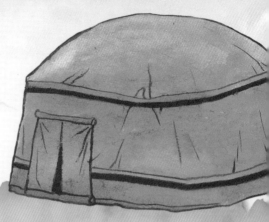

培養道德勇氣

　　筆者受三民書局之邀，要將古典小說海公大紅袍全傳改寫成適合少年兒童閱讀的白話小說。原著的作者不詳，現存最早的版本收藏於倫敦博物院圖書館，為清朝嘉慶十八年二經樓刊本。故事以海瑞與嚴嵩等奸臣抗爭的情節為主線，呈現海瑞在施政辦案的過程中打擊貪官，壓制豪強，一介不取的事跡，頌揚「以一大紅袍始，以一大紅袍終」的清廉剛正形象，並且揭露嘉靖皇帝的懦弱昏庸，宦官的恣意干政，土豪的魚肉鄉民。

　　原著共六十回，約二十萬字，要改寫成不到六萬字的篇幅，因此僅能扣緊海瑞當官之後的重要事跡來撰寫，有很多曲折生動，富有戲劇性的情節只好割捨不用。例如第五回「嚴嵩以相術媚君」，描寫嚴嵩初遇當時擔任吉州別駕的嘉靖皇帝，並為他卜卦算命的情節，層層鋪陳，言語生動傳神。第十回「嚴家人見色生奸」，寫嚴二既貪色又捨不得聘金，將他矛盾心理的變化過程刻劃得細膩生動，既合情合理，又出人意表。

　　原著中有不少光怪陸離的情節，雖然精彩生動，卻不免流於神怪妄談，減弱了海瑞血性剛正的形象，因此並未撰寫進去。例如海瑞是豸獸投胎，奇蹟般誕生的情節。海瑞因為驅逐妖魅，抱得美人歸的情節。還有海瑞登武當山燒頭香，使得玄天上帝派王靈官跟隨考察他三年的情節等。

　　這部改寫過的小說主要在描寫海瑞仕途起伏的經過，藉由清官海瑞對抗奸相

嚴嵩的一連串事件，凸顯海瑞忠貞正直，寧死也要伸張正義的道德勇氣，頌揚海瑞愛民如子，一介不取的品格節操。透過這部小說，讀者還可以見識到一些古代的官場文化。

故事中的嚴嵩，是明代最讓百姓痛恨的貪官。他靠逢迎諂媚的功夫，逐步登上「一人之下，萬人之上」的丞相寶座。獨攬大權之後，他當然也要下屬沿襲自己升官的老路子，或是像桂岳、趙文華之輩，花萬兩銀子買官；或是像張志伯一樣，幫他搜刮財寶。否則就會跟海瑞一樣的下場，別指望升官。嚴嵩掌權時，不肖者奔走其門，行賄者絡繹不絕。這些謀求官位的下屬哪來的萬兩銀子呢？所謂「羊毛出在羊身上」，自然是層層剝削，從最底層的老百姓身上壓榨來的。「上梁不正下梁歪」，如果一個國家的最高執政者不清廉，必會導致貪汙索賄的風氣盛行，弄得天怒人怨，民不聊生。這時候，如果沒有像海瑞這樣的清官挺身主持正義，帶給百姓一線希望，國家最後的下場必定是萬民揭竿而起，整個土崩瓦解。

中國古代，社會的基層是人口比例占大多數的農民和勞役。這些平民百姓終年勞碌，僅能圖個溫飽，還經常遭受大地主和土豪惡霸欺壓。如果不幸碰上貪贓枉法的地方官，往往受盡剝削壓榨，飢寒交迫，永無翻身之日。在「人為刀俎，我為魚肉」的處境之下，像海瑞這種愛民如子的清官，便成為平民百姓希望的寄託。由於廉明剛正的清官備受萬民敬仰，他們伸張正義，體恤百姓的作為，往往會在民間流傳，形成清代著名的公案小說，如七俠五義、彭公案、施公案和海公大紅袍全傳等。

公案小說中的清官要維護正義，在對抗惡勢力的過程中，難免會遭遇災厄危難，這時候往往會出現武功高強的俠義之士，或皇宮

內某些權威人士，甚至是神明顯聖來伸出援手，使萬民愛戴的清官逢凶化吉，消災解厄，以維護單靠正常的行政或法律途徑所無法實現的公理正義。而小說的情節也隨之峰迴路轉，高潮迭起。讀者在讀到奸臣貪官陷害忠良，欺凌百姓時，往往恨得咬牙切齒；讀到忠臣清官身陷囹圄，面臨殺機時，不免心驚膽跳；讀到忠臣清官懲奸除惡的情節，不禁心花怒放，拍手叫好。

故事中，海瑞本著善心援助豆腐店的張老兒，與張家父女結下善緣。後來海瑞落榜途窮時，得到張貴妃援助，獲皇帝特賜進士及第，從此展開仕途。十年後，海瑞趁嘉靖皇帝慶祝四十大壽的機會，借詩諷諫，促使皇帝回心轉意，幫助被幽禁四年的張皇后和太子復位。接著海瑞怒杖嚴嵩獲罪，就是依賴太子的救援，保住性命。此外，海瑞本著慈心善念，救助前來偷竊的海安、海雄，和企圖刺殺他的冼充，這三個人後來都成為他的得力助手，幫助他化解災難，建立功勳。可見，「從前種下善因，日後結出善果」，也是公案小說常出現的故事模式。

這部小說將主角海瑞的個性刻劃得生動飽滿。海瑞雖然經常拿性命對抗惡勢力，在剛正無畏的外表之下，同時也聰明機智。例如第四章，海瑞在尚方寶劍的威脅之下，非但不肯賄賂巴結欽差張志伯，竟然還當眾羞辱他，然後才設下圈套，逐步利用言語引誘他，讓他在對答中露出馬腳，然後自知理虧而不敢擅用尚方寶劍。第五、六章，海瑞新到任必須拜會嚴嵩，拚上妻子所有的積蓄和首飾給嚴二當門禮，卻又設下計謀，逼得嚴嵩不得不叫嚴二將門禮歸還，而且也不敢向海瑞強索萬兩銀子。平時剛正不阿的海瑞，在挑戰惡勢力時，立即變成機巧狡猾的面貌，個性十分鮮明。

最後，筆者要強調：第一章和最後一章全

都是杜撰出來的。「海道傳」這一位海瑞的後代子孫，以及他周遭的林林總總，在原著中其實是不存在的。筆者扣緊「大紅袍」的象徵意義，利用奇幻的手法，讓大紅袍成為一個由現代通往古代的時光隧道，藉由海道傳的所見所聞，重現海瑞當官的種種經歷。筆者的用意除了節省篇幅，讓故事架構變得更緊湊之外，也希望透過這樣的安排，使讀者更容易領會海瑞的人格與精神，將這種高尚的情操實踐在生活之中，更進一步去追求人生的理想。

寫書的人

陳景聰

1966 年生於南投，臺東大學兒童文學研究所畢業，現任臺中市大里國小教師。

作品曾獲文建會兒童文學獎、中國大陸冰心兒童文學新作獎等獎項。

著作有唐鍾馗平鬼傳、草廬中的智謀家：諸葛亮、坐輪椅的軍師：孫臏、小天使學壞記、神奇的噴火龍、神仙也瘋狂：小廟公生活週記、冒牌爸爸、故事樹、春風少年八家將、刺蝟釣手、玉山的召喚等三十餘冊。

海公大紅袍全傳

第一章 傳家之寶大紅袍

「爸，我要改名字！」

海道傳噙著眼淚，對來接他放學的爸爸說。

「都相處一年了，同學還拿你的名字開玩笑？」

爸爸一面開車，一面別過臉瞥一眼海道傳，見他嘟著嘴不作聲，語重心長的說：「我叫海理，從前也常被同學笑，說我是很會啃樹幹的稀有動物『海狸』，警告我別去啃他們的椅子腳，害他們跌倒。我也曾對你爺爺抱怨要改名，不過這是你二十六世祖宗海瑞留下的祖訓，要後代子孫用仁義道德的相關字來命名，不可違背。海瑞是明朝最著名的清官，我們身為後代子孫，應該緬懷他勤政愛民、一介不取的為官之道才是，所以你爺爺才為你取了這個名字。」

海道傳憋著一肚子氣，依舊不答話。同學如果光拿他的名字開玩笑，他還能忍受，但是胖子興他們老是拿他的身體開玩笑，叫他如何忍受？爸爸和爺爺從沒坐過遊樂園的海盜船，哪裡曉得被幾個人騎在背上，

趴在地上掙扎的屈辱感受？他咬著牙忍了一年，如今再也忍受不下去了！

「我非給愛耍流氓的胖子興一點顏色瞧瞧不可！」海道傳打定主意，開口說：「爸，我暑假想學跆拳道和柔道。等我成為黑帶高手，別人知道我很厲害，就不敢再捉弄我了。」

爸爸沉默了一陣子，苦笑著回答：「好吧！我們家已經好幾代沒人當官了，沒為官之道好傳承，傳承跆拳道、柔道也好。不過武術是用來強身健體、修心養性的技能，可不能用來打架鬧事。你可以答應爸爸嗎？」

「好！」海道傳答得乾脆，內心卻有點心虛。

暑假到了。爸爸果然信守承諾，帶海道傳去道館找名教練學習柔道和跆拳道。學武術雖然辛苦，不過當海道傳一想起被同學聯手羞辱的往事，鬥志便如同火山一般爆發開來，再苦再累都咬緊牙關撐過去。

開學了。晨間打掃的時候，升上六年級的胖子興愈加囂張，和海道傳一照面就喊：「喂！海盜船，順便幫我的區域掃一掃！」

海道傳懶得理他，默不吭聲的掃著地。

胖子興連喊幾聲，得不到回應，不禁惱火起來。「我是驅逐艦，要把海盜船擊沉！」說著就抓起地上那堆榕樹種子，大把大把的朝海道傳撒去。

海道傳被惹惱了，一個迴旋踢在胖子興的臉頰掃過。胖子興嚇了一跳，連忙吆喝他的死黨：「快來喔！來坐海盜船囉！」

海道傳趕緊丟下掃把，往草坪跑去。胖子興和三個同伴立刻追上去，將海道傳圍住。

「我警告你們！」海道傳斬釘截鐵的說：「我不會再讓任何人欺負我。」

「你想唬我們啊！」胖子興對死黨示意：「抓住他！」

海道傳看準方位，抓住時機借力使力，才幾下掃腿，就將衝過來的對手全摔在草坪上。胖子興還想胡纏亂打，卻被他壓制在地，痛得哭喊討饒。

胖子興不甘心，數度向海道傳挑釁，下場卻一次比一次慘。胖子興和死黨被海道傳馴服了，從此改口稱呼他老大，天天幫他打掃、請他喝飲料，任由他呼來喚去。

海道傳受到同學逢迎巴結，享受著當老大的滋味，

時時顯得趾高氣揚，處處對同學頤指氣使。

一個假日，海道傳的爸媽有事外出，海道傳便叫胖子與他們來家裡，幫他拖地。

「老大，櫥窗內那一件『海瑞公傳家大紅袍』是做什麼的？」

「海瑞是我的祖先，他是明朝時代最清廉的大官，畢生都在肅清貪官，打擊奸臣。他過世後沒留下任何財產，只留下這一件大紅袍，給後代懷念他的為官之道。所以這一件大紅袍便成了我們海家的傳家之寶。」

「哇！老大如果穿上大紅袍，肯定比穿黑帶的跆拳服更威風。」

胖子與他們離去之後，海道傳忍不住去爸媽的房間找來鑰匙，打開櫥窗，取出大紅袍披在身上。他來到鏡子前面，想瞧瞧自己究竟有多威風，卻感覺恍恍惚惚，鏡子似乎泛起一陣陣澄澈的水波。

當水波平靜下來，海道傳竟然在鏡中看見古代的社會！他看不見自己的身體，卻很清楚的知道，眼前那個身上披著大紅袍的人，就是他的祖先海瑞……

一第二章 升官的賀禮大紅袍

「感謝夫人為我縫製這麼合身的官袍！質料真好，花不少銀子買布料吧？」海瑞就著燭光打量身上那襲嶄新的紅官袍，對海夫人說。

「這件紅袍就當作是我祝賀老爺升官的禮物吧！老爺先前擔任淳安縣儒學*，習慣和學生一同穿粗布衣。現在要升遷為知縣*，不穿搶眼的官服，哪能展現威嚴，治理縣政呢？這半個月官餉不會白花的！」

「我既然發誓要當一個清廉自守、愛民如子的好官，粗食布衣也就心滿意足了。」海瑞小心的脫下試穿的紅官袍，摺好，面露慚愧的對海夫人說：「妳帶著女兒大老遠從廣東趕來浙江，一定累壞了，要多休息才好。我的官餉應該買補品給妳們調養身子才對。唉！都怪我沒有一試就中舉人*，考會試又落榜，蹉跎了許多歲月才得到這個小小的官職，害夫人跟著我受苦。」

「老爺勤政愛民，受到皇上的肯定，日後定能平

步青雲，當上高官。」

「我不想辜負夫人的期望。」海瑞嘆一口氣，接著說：「不過現在皇上十分寵信嚴嵩這個奸臣。嚴嵩在朝中大權獨攬，作威作福，排除異己。我不肯和他同流合汙，也不會獻財寶巴結他，升大官是絕對無望了！」

海夫人頓一下，疑惑的問：「你派家丁海雄來接我們母女時，他說嚴嵩害你落榜，那後來皇上又賜你進士及第是為什麼呢？一路上，他嚴守禮數，只顧著侍奉我們母女倆，不敢跟我多說話，我也不便問他。」

海瑞熄滅蠟燭，拉海夫人坐在床沿，握著她雙手說：「四年前我送妳回娘家待產，便趕赴京城參加會試，按慣例，上京前必須先到省城領取核准報考的公文和路費。我因為不肯賄賂藩司*的下屬，竟遭到惡意延擱。後來我等藩司出府，攔下他的轎子，舉發經辦人的罪行，總算拿到了公文。但這時所有會試的舉

*儒學：縣學的老師。

*知縣：相當於現在的縣長。

*舉人：明、清時代的科舉考試分為鄉試、會試、殿試三級，通過鄉試成為舉人才有資格考會試，通過會試成為貢士才有資格考皇帝親自主持的殿試，通過殿試的人便成為進士，其中第一名者稱狀元。

*藩司：省長。

子，早就一起包船出發了，我的旅費不夠，只好搭江西運茶葉的貨船赴京城。到了京城，考期已過，我為了節省往返的路費，就借住在張老兒的豆腐店複習考試科目，準備參加下一回的會試。這些細節，我在寫給妳的家書中都提過了。」

「嗯，看過你的家書，我知道你平安無事，先是安下心來，後來便十分氣惱那個貪圖錢財，耽誤了你考期的官吏。否則憑你過目不忘的資質，和工整嚴謹的文筆，早就能錄取進士。」海夫人語氣哀怨，接著說：「那我們一家，早在三年前就可以團圓了！」

「張老兒家三口人都很善良，見我是個窮舉子，算我非常低廉的房租。隔年京城鬧旱災，糧價大漲，張老兒的生意一落千丈，因此無力繳納稅金。他被官府催討得很急，送豆腐去嚴嵩的府邸時，遭嚴嵩的管家嚴二詐騙，借十兩銀子想繳納稅金。嚴二仗著嚴嵩的勢力，專門在京城放高利貸，他已經先扣下二兩，其餘的八兩居然拿包鉛的假銀子給張老兒。後來我見張老兒急得快發瘋了，就先幫他把稅金繳清。後來嚴二上門來討債，看見張老兒的女兒元春生得如花似玉，癩蝦蟆想吃天鵝肉，屢次託人說媒都遭到拒絕，於是便偷改借據，將張老兒借貸的十兩偷改成五十兩，然

後一狀告上兵馬司＊去。」

海夫人嘆息說：「連家裡的奴才都如此惡劣囂張，可見嚴嵩一定是壞到了極點！」

「張老兒一家被逼得走投無路，求我幫忙。正好兵馬司指揮徐煌邦跟我是同鄉，我知道他為人很正派，就去拜訪他，並將嚴二詐騙張老兒，見色逼婚、偷改借據的經過告訴他。審判結果，我幫張老兒還十兩銀子了事，嚴二因為詐欺罪被重重打了幾個大板，鎖上大枷去遊街示眾。」

「真是大快人心！」

「沒錯！當時滿街看熱鬧的人都拍手叫好，大喊徐指揮英明呢！不過好戲還在後頭。」

海瑞頓一下接著說：「嚴二懷恨在心，正好皇上降旨要選宮妃，他便叫畫匠畫了一張元春的畫像，假借嚴嵩的名號，送去叫知縣推薦。嚴二滿心以為元春被送入宮中，會變成遭受冷落的宮女，孤單寂寞直到老死。想不到樸素的元春盛裝打扮，竟然美若西施、貂蟬，讓皇上驚為天人，寵幸無比，不久便封她為貴妃。」

海夫人笑說：「這嚴二豈不是弄巧成拙了。」

海瑞笑了笑，接著說：「後來我參加會試，三道題都得心應手，原以為有機會參加殿試，可是一放榜竟榜上無名。後來我在京城擔任翰林＊的同窗李純陽告訴我，皇上欽點四個人擔任主考官，當時嚴嵩推薦自己的門生為第一名，其他三位主考官都推薦我的卷子為第一名。嚴嵩為了讓自己的門生高中狀元，便暗中汙損了我的卷子，然後憑他大總裁的權力不讓我上榜。幸好張貴妃在皇上面前為我說情，皇上於是特地檢閱我的卷子，十分肯定我的才華，所以才頒下聖旨，賜我進士及第。」

　　「老爺真是善有善報呀！」

　　「嗯！來日若有機會，我一定要舉發嚴嵩的滔天罪行，讓他得到報應。」

　　「上蒼知道老爺悲天憫人、伸張正義的情懷，將來一定會給老爺懲罰奸賊的機會。」海夫人握一下海瑞的手，提醒他：「該就寢了！老爺明日就要走馬上任，可別累著了身子。」

　　海瑞躺在床上，握著愛妻的玉手，聽著幼女均勻的呼吸聲，心滿意足的睡去。

＊兵馬司：掌管京城兵馬調度的單位。

＊翰林：在京城編審文書的官職。

第三章 抵抗強權怒打旗牌

　　淳安縣上一任的知縣因為嚴重貪汙被革職。海瑞就任後，公正嚴明，清廉樸實，一切以身作則。他的下屬都效法他，將縣民當成衣食父母來看待，努力革除縣內的惡習陋規，積極辦理有利於縣民的事業。才幾個月，淳安縣景象欣欣向榮，人人安居樂業，縣民都敬愛海瑞，稱呼他為「海爹」。

　　有一天，海瑞的家丁海安和海雄稟報：「聽說嚴嵩向皇上推薦自己的親家張志伯為欽差大臣，皇上接受了嚴嵩的建議，敕封張志伯為國公，還賜他可以先斬後奏的尚方寶劍到各省去巡察。他所到之處，知縣除了要賄賂萬兩銀子，還要供應食宿和民夫，稍有怠慢就會出事。山東省歷城縣的知縣薛禮勤就是因為不肯逢迎他，被他藉故定下罪名，用尚方寶劍殺了。」

　　海瑞聽了，壓抑不住滿腔怒火，拍桌大罵：「薛知縣清廉正直，是難得的好官。張志伯殺薛知縣意在殺雞儆猴，警告各省知縣乖乖獻上財寶。哼！我絕不賄

賂他，看他要如何定我罪名！」

海安和海雄生怕主人遭到不測，誠惶誠恐的下跪請求：「請老爺要為夫人和小姐著想，明哲保身呀！」

海安和海雄原名叫王安和張雄，因為家無恆產，又遭逢荒年無處謀生，只好靠偷竊維生。海瑞第二次赴省城考會試時，他們兩人半夜潛入旅店客房行竊，被海瑞逮個正著，跪在地上苦苦求饒。海瑞得知他們處境可憐，非但沒把他們扭送法辦，反而鼓勵他們重新做人，還要接濟十兩銀子給他們經營小生意。他們深受感動，自願當海瑞的家丁，從此便死心塌地的追隨海瑞，成為他的得力助手。

海瑞連忙扶起兩人，安慰說：「你們放心！我自有辦法讓張志伯不敢動我一根汗毛。他向來與嚴嵩狼狽為奸，這趟巡行表面上是考察，其實是要斂財。皇上遭受他們矇蔽，如果不給他們一點教訓，任由他們胡作非為，天下百姓都要怪罪皇上了。」

兩人不敢違背主人，又為主人擔憂，只好慄慄不安的退下，四處去探聽情報。下個月，鄰縣果然來文通知張志伯即將到來，還附了一封私信，指點海瑞該

如何準備車馬船隻，如何巴結賄賂，以免得罪國公。

海瑞暗笑：「豈有此理！我偏不讓張志伯稱心如意，看他能奈我何。」於是便指示下屬照常工作，欽差大人由他出面應付就好。

才三天，張府的家丁果然先搭船來到。淳安縣民各忙各的，沒人知道欽差大人即將到來，也沒人理會張府的家丁。家丁們看在眼裡，心中十分不快。領頭的家丁湯星槎怒氣沖沖的來到縣衙裡，看見縣衙也沒人出面接待他們，火氣更大了，坐在大堂的椅子上叫嚷起來：「欽差大人快駕到了，竟然如此漠視，連一點準備也沒有！知縣到哪裡去了？」

海安、海雄受不了他盛氣凌人的態度，丟下工作，上前問：「請問您是來幹什麼的？」

湯星槎卻冷冷笑著，哼幾下氣，反問：「你們在這兒是幹什麼的？」

海安說：「這兒是知縣府，我們當然是縣太爺的屬下囉。」

湯星槎立刻板起臉孔打官腔：「既然是知縣的屬下，就該明瞭官場的規矩。我們國公奉旨來巡察，鄰縣已經來過公文通知，難道知縣沒交代你們要做好準備？莫非是存心藐視欽差大人？」

海雄毫無懼色，不慌不忙的回答：「淳安縣是很窮苦的縣，現在衙門裡的糧食都不夠用，哪還有餘力支應那些闊氣的排場？請您別見怪吧！」

　　湯星槎氣炸了，拂袖而去，回頭恨恨的撂下狠話：「走著瞧！待會兒可別後悔！」

　　海瑞一直站在屏風後面聽他們的對答，內心更加痛恨搜刮民脂民膏的張志伯。等湯星槎氣呼呼的走了，就吩咐海安和海雄：

　　「剛才來的，是欽差大人的家丁。他憋著一肚子火，回去一定會搬弄是非。你們趕快去打探，看他們的船有幾艘，吃水多深。」

　　兩人得到命令，快馬加鞭，沿著河道向北奔去，趕了二十幾里，就看見插著「奉天巡察」大旗的船，共三十幾艘，每艘船都吃水極深。兩人看清楚後，急忙回來稟報。

　　海瑞聽了，心想：「欽差奉旨巡察，雖有護衛，卻沒家眷隨行，頂多兩艘船便夠了。用到這麼多船，每艘船都吃水極深，必定是載滿贓物。」

　　海瑞剛打定應付張志伯的主意，門口的守衛就進來稟告：「欽差大人派旗牌＊來到，捧著令

箭，說要等候大人去門口迎接。」

海瑞詫異的說：「如果欽差大人來到，我是應該去迎接。旗牌不過是個小差役，怎麼也要我去迎接呢？你去問他這是誰定的規矩？」

守衛問過旗牌，回稟說：「旗牌說一路所到的州縣，都是這樣迎接，大人還是不要違抗比較好。」

海瑞勃然大怒，喝令升堂。所有差役、書吏紛紛上堂，站在兩邊。海瑞說：「今天本縣要為縣民爭一口氣，大家看我眼色行事，不得退縮！」隨即下令：「傳旗牌進來。」

那旗牌一路被奉承慣了，態度倨傲的站在門口，等候知縣來迎接。他聽到傳他進去的叫喚，簡直不敢相信自己的耳朵，愣在當場。只見差役走過來說：「差官，你耳聾嗎？老爺在公堂上，叫你進去說話呢！」

旗牌聽到這樣的話，開口就罵：「你這狗奴才，竟敢如此無禮！你不知你叫的是什麼人嗎？」

「我們老爺已經升堂，叫的不是你是誰？」

旗牌冷笑說：「好大的知縣，等我進去他就知道大事不好了！」於是氣沖沖的走進去。

＊旗牌：為欽差大人打點一切的前導人員。

海瑞看見旗牌手上的欽差令箭，連忙起身離座，對著令箭拜了兩拜，請過一旁供著，又回到堂上坐好。

旗牌見海瑞又坐了下來，很不高興的問：「請問貴知縣大名？」

海瑞笑著說：「你只是個差役，不向本縣報名叩見，也就罷了，怎麼反倒問起本縣的姓名？你先稟明是為什麼事求見。」

旗牌冷笑著說：「我奉了欽差大人的命令，叫你預備船隻、縴夫和水手，不得有誤！」

「原來如此！我們縣裡去年鬧過饑荒，餓死不少百姓。現在百姓都忙著種田，沒人可以差使，還是請欽差大人自己設法吧！」

旗牌暴跳如雷的大吼：「什麼！你這傢伙分明是當縣官當膩了，竟敢叫欽差大人自己設法！我才不管百姓忙不忙！趕快給我找齊一百名縴夫，五十艘大船，去向欽差大人繳令。」

「欽差大人的座船不過一艘，如果需要人牽纜，本縣立刻率領家丁前去效力。」

「放屁！哪裡來的瘟官，竟敢違抗欽差大人的旨

令？你敢下來和我一起去見大人，就算你有種！」旗牌說完哈哈大笑。

海瑞怒火爆發，拍桌大罵：「哪來這麼大膽的差役，竟敢在本縣的公堂撒野？來人呀！給我拖下去，重打四十大板！」左右答應一聲，不由分說，把旗牌摔倒在階下，按住頭腳就打了起來。

旗牌咬緊牙根，不肯求饒。海瑞看了，斥罵衙役不敢用力，便親自走下來，奪過板子，使盡全力打下去，打得旗牌皮開肉綻，叫苦連天，不停求饒。

海瑞的怒氣還沒平息，命人取來鏈子，把自己和旗牌鎖在一起，這才喝令：

「退堂！所有官員隨本縣一同去迎接欽差大人。」

第四章 海瑞讓張志伯又恨又敬

張志伯的船來到碼頭，縣衙的官員都來迎接。張志伯一上岸，就看見旗牌和知縣鎖在一起，十分詫異。

海瑞上前叩見，說：「啟稟大人，貴差來要求卑職供應縴夫、船隻等，卻在卑職的公堂上出言不遜，胡鬧不休。因此卑職責打了貴差，鎖在一起來向大人請罪。」

張志伯聽了，十分不悅，命人先將兩人的鎖打開，隨即來到縣衙，升了堂，傳知縣問話。

張志伯問海瑞：「本官奉旨到各處巡察，所到之地供應些差役舟車也是應該的，因此本官命令旗牌拿了令箭，先通知你及早準備。你為何打他？難道是瞧不起本官？」

「大人來巡察，卑職理當迎接。只是貴差開口就要一百名縴夫、五十艘大船。現在縣民都忙著耕種，一時之間，哪能徵調這麼多人力跟船隻？卑職才推延一下，誰知貴差就在公堂上謾罵胡鬧起來。卑職因此

責打他，請大人原諒！」

　　「本官是乘船來的，貴縣只要送我出了縣境，就會換船，難道不該叫你準備嗎？本官行程急迫，船大水淺，必須有人牽繚才走得迅速，難道說繚夫也用不著嗎？如今你毫無準備，還責打旗牌，分明是藐視我！」張志伯拍桌大喝：「難道本官無權斬你這小小知縣嗎？」

　　海瑞從容的回答：「尚方寶劍雖利，不斬無罪之人。卑職自從到任以來，一向奉公守法，從不媚上欺下。大人既然奉旨巡察天下，一定想表現皇上的愛民之心，可是大人這樣的作風，反而是擾民了。卑職有話要說，請容卑職稟明，這樣一來我雖死也甘心。」

　　「好！本官就看你如何辯解。」

　　「皇上派大人出來巡察，目的在掃蕩貪官汙吏，為天下百姓謀幸福。大人身負重任，應當為皇上廣布恩澤，怎麼可以藉機敲詐勒索，加重百姓的負擔呢？」

　　張志伯聽了，不禁怒髮衝冠，大罵：「好大膽的知縣！竟敢編造謠言誣衊本官！」隨即喝令：「把海瑞推出去斬首！」

　　「卑職死不足惜，只是話沒說完，死不瞑目！」

　　「你還有什麼話要說？」

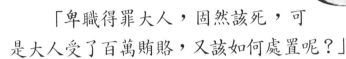

「卑職得罪大人，固然該死，可是大人受了百萬賄賂，又該如何處置呢？」

「你有何證據，竟敢誣賴本官收受賄賂？」

「三十幾艘船都載得滿滿，裝的是什麼？」

「那些都是奉皇上旨意，沿途購買的瓷器花盆，不是贓物。」

「皇上宮內的器物向來由各省進奉，何須欽差大臣採購？」

張志伯被海瑞這句話給問倒了，不知該如何回答才好，惱羞成怒說：「這是本官與皇上的事，不用你管。」

「大人雖不要卑職管，卑職卻要算一算帳給皇上看。大人自出京以來，經過的州縣多則三萬，少則一萬，收下的贓款何止百萬兩。現在卑職既然難逃一死，就狠下決心，將這些情形上奏天子，讓天下人知道。」海瑞說完從袖中拿出一個算盤，當眾算起來，然後高聲喊：「大人一路下來，共收了三百餘萬兩！」

這時，張志伯真是又羞又怒，唯恐海瑞當真耍起狠來，縱使殺了他，收賄的事也會鬧開來，對自己不利，便笑著說：「走開！你這人瘋瘋癲癲的，本官不與你一般見識！」

「這是卑職的公堂，大人要趕卑職去哪兒呢？請大人別生氣，卑職方才不過是跟大人說著玩罷了。」

張志伯知道海瑞存心給他臺階下，趁勢說：「這次算是開玩笑，以後不可以這樣，免得人家聽了信以為真。」說完便要海瑞去安排食宿。

海瑞憑氣魄和機智躲過死劫，隨即在大廳準備了簡單的飯菜和水酒招待張志伯一行人，自己則去辦公事。

張志伯的隨從們一路吃慣了山珍海味，喝慣了美酒，望著桌上那難以下嚥的粗菜淡酒，都很不高興。但是看見主人沒說話，只好按捺住脾氣不發作。

張志伯被海瑞當眾羞辱了一番，礙於海瑞機警屬害，憋著一腔怒火不好發洩，便悄悄來到海瑞身後看他辦案，打算找個缺失來治他的罪。只見海瑞提了幾個犯人在審訊，口問手批，片刻就將案子一一了結，犯人都心服口服。

張志伯心想：「這人當知縣真是大才小用。」轉念又想：「倘若他認真與我作對，該如何是好？他如此廉能耿介，剛烈如火，必定連一絲破綻也沒有，看來我是沒法子定他的罪了。」

海瑞辦完公事，叫海雄過來，吩咐說：「你明天領

三十名衙役，在碼頭等候，欽差大人啟程時，我和大家一起去牽纜。」

「老爺貴為縣官，怎麼能做這種卑賤的工作？叫衙役做這種工作，恐怕也會喪失了縣衙的威嚴啊！老爺何不召集各處的地保＊來，叫他們找幾十個民夫就行了。」

「不行！現在百姓正忙著割稻晒穀子，萬一人離開而穀子失竊了，豈不是枉費了半年的勞苦？你們只管照著我的話去做，不必多說。」

海雄只好去召集衙役，把海瑞的話轉告他們。大家雖然千百個不願意，一聽說縣太爺也要去牽纜，只好答應了。

第二天早上，海瑞就來向張志伯請安，請他去盤查倉庫。

「不必查了！本官相信你的倉庫不會有虧空。」

張志伯憋了一肚子氣，如坐針氈，堅持要馬上啟程。海瑞也不強留，把他從縣衙一路送到碼頭。

張志伯上了船，他的隨從便開始吵嚷，說沒縴夫船怎麼開。海瑞於是率領家丁和衙役一起過去牽纜。

＊地保：相當於現在的鄰里長。

百姓們看見了，齊聲說：「豈有此理！海爹是我們的父母官，怎麼可以牽纜呢？那還要我們百姓幹什麼？」立刻集合一大批人，來求海瑞：「大人，請上岸休息，這種苦差事讓小的來做吧！」

「你們快去做自己的事，不要耽誤了農事。」

百姓們齊聲哭喊：「我們怎能眼睜睜看著海爹為我們做這種苦差事！」大家一起把纜牽了起來。

張志伯看見海瑞如此受百姓愛戴，內心深受打擊，立刻下令隨從撐篙划槳，把船開走，於是老百姓也都不必牽纜了。

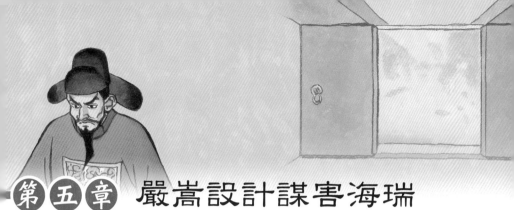

第五章 嚴嵩設計謀害海瑞

　　張志伯巡遍全國，馬上回京去覆命，並暗中將搜刮來的贓物送去嚴嵩的府邸。這時，嚴嵩已經當上太師兼丞相，他看見那麼多金銀財寶，心中大喜，連夜和張志伯分贓。

　　「志伯辛苦了！這趟巡行可有不順利的地方？」

　　「各處州縣都十分配合，除了薛禮勤跟海瑞。海瑞不僅不肯賄賂我，還揭我的瘡疤，辱打我的旗牌。我想將他跟薛禮勤一樣也斬了，無奈這人卻不怕死，而且很得民心，我竟挑不出一絲缺點定他的罪！」張志伯氣憤的說：「這人剛正廉潔，很有才幹手段，若不早日除去，將來一定會成為我們的絆腳石。」

　　嚴嵩思索後說：「既然海瑞這般刁蠻強悍，明日早朝你向皇上覆命時，可以稟奏海瑞的功績，我再趁機建議皇上，將海瑞升官，調來京城擔任雲南司主事*。

*雲南司主事：掌核雲南地區錢糧，並兼管其他衙門部分政務的官職。

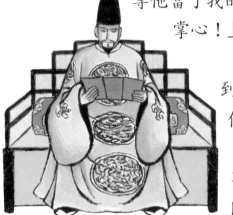

等他當了我的下屬，絕對逃不出我的手掌心！」

「哈哈！多高明的手段呀！到時候丞相只須找個藉口，便可將海瑞撤職查辦。」

第二天，兩人依計行事。嘉靖皇帝果然對海瑞愛民如子的作風大加讚賞，立即擢升海瑞為雲南司主事，並派人通知他即刻回京就任。

海瑞在縣官的任內，大力除弊興利，減少勞役和賦稅，使得百姓富足安樂。當淳安縣民聽說海瑞要升遷到京城當官時，紛紛來祝賀、送行。海瑞感動得流下淚水，百姓更加不捨，哭成了一片。

海瑞的妻子看到這麼感人的場面，萬分欣慰的對他說：「老爺清廉自守，雖然沒累積財寶，卻得到這麼多的無價之寶！」

當時新官一上任，就要到各官署去拜會上司，京官最要緊的就是晉謁丞相。可是海瑞一連三天去丞相府求見，守門的嚴二都瞪他一眼，沒好氣的說：「丞相不在，你明天再來。」

第四天，海瑞又去求見丞相，看見嚴二又把守在門房裡，只好忍氣吞聲，把下官求見上官所用的名帖遞過去，陪著笑臉說：「煩請二先生通報一下。」

嚴二居然把海瑞的名帖朝地上一摜，痛罵：「好大的主事啊！怎麼連一點規矩也不懂。為什麼我要幫你通報？滾開！」

海瑞回到家，海安看見主人一臉氣憤，就問：「老爺為何生氣？難道丞相對您有什麼不禮貌的地方？」

「唉！要是見到嚴嵩，受點委屈也就算了，偏偏卻是受了嚴二的氣才不值得！他居然說我不懂規矩，你說可惡不可惡？」

「老爺有所不知。剛才小的打聽到一件事，正想稟報您。原來京城只要有新官上任，嚴二就把守著宅門，凡是新官要入內拜會丞相，非得給他三百兩的門禮不可，否則便不得其門而入。大家怕觸怒了丞相，只好任由嚴二敲詐。就算見到丞相，還得送個上萬兩的見面禮，否則便保不住官位。」

海瑞聽了，不禁嘆息說：「連京城的政治都這麼黑暗，皇上怎麼會用這樣的奸臣當丞相呢？」

海夫人得知丈夫遭受丞相府刁難，安慰他說：「老爺先別煩惱，無論如何，還是得想個辦法見到丞相才

行，否則這個官恐怕就做不成了。」

海瑞說：「別說我海瑞只是個窮官，就算有那麼多銀子，我寧可拿去救濟窮人，絕不去賄賂他！乾脆拚了這頂烏紗帽不戴，和他堅持到底。」

海夫人將一個木盒遞給海瑞，勸他：「老爺十年寒窗才得到官位，準備施展抱負，何苦以卵擊石，毀去前程呢？我有二百兩的積蓄，連同首飾，湊和起來足夠三百兩了。」

海瑞打開木盒一看，滿心愧疚的說：「不行！夫人賠上了富家千金的地位，下嫁我這窮書生，已經夠委屈了，怎可害妳連陪嫁的財寶都賠上了？」

海夫人嚴肅的說：「當初我就是欣賞你理想遠大，為人正直，才讓我娘作主撮合我們的婚事。老爺今日若是斷絕前程，放棄抱負，才是賠上了我的人生，更對不起我呢！」

看到妻子那麼堅持，海瑞再也無話可說。

「謝謝夫人的美意。但是過了嚴二那關，下一關嚴嵩正等著獅子大開口呢！」海瑞忽然計上心頭，對海夫人說：「我有一帖藥方或許治得了嚴嵩的貪心病。夫人這三百兩暫且借給我當藥引，如果行得通，必定完好無損的帶回來還給妳。」

過兩天，<u>海瑞</u>得知有幾名大臣在退朝後，跟隨<u>嚴</u><u>嵩</u>進入丞相府，便帶著白銀和首飾，來到丞相府。他看見<u>嚴二</u>正在門房坐著，就陪著笑臉問：「二先生，丞相退朝了沒有？」

「退朝了又怎樣？」

「這裡是一點小意思，給<u>二</u>先生買茶吃，麻煩幫我通報一聲。」<u>海瑞</u>笑盈盈的將一包銀子交給<u>嚴二</u>。

「多少？」

「白銀二百兩。」

<u>嚴二</u>板起面孔：「開玩笑！誰不知道這裡的規矩，三百兩，少一文都不行！」

<u>海瑞</u>連忙將首飾盒遞給<u>嚴二</u>，說：「我一時籌不到那麼多銀子，這盒首飾也請您收下吧！」

<u>嚴二</u>打開盒子，瞧見其中有一對珠花晶瑩剔透，非常討人喜歡，便將白銀和首飾收入衣袖的暗袋中，說：「既然這樣，我便將就收下了！但是丞相的見面禮呢？你帶來了沒？」

「帶來了！我會當面送給<u>丞相</u>。」

「你在這兒等一下，我去看看丞相有沒有空。」

這時嚴嵩正在萬花樓和大臣喝茶談事情，嚴二進來稟報：「新任雲南司主事海瑞求見。」

嚴嵩一聽是海瑞求見，立刻想起張志伯的話，於是生氣的問：「他是什麼時候上任的？怎麼到這時候才來見我？」

「他是初五到京，初六上任的。他來求見好多次，都因為丞相正在忙，奴才沒敢通報。」

嚴嵩料定海瑞送不起見面禮，暗暗打著主意：「既然你自恃清廉剛正，本相就讓你求見好幾次，見到面只說一句話就攆你走，在眾大臣面前抹煞你的尊嚴，削減你的銳氣。」便說：「算了！去帶他進來。」突然心念一轉，叫嚴二過來身邊，低聲說：「海瑞這個人耿直又不怕死，你千萬不要收受他的門禮。」

嚴二唯唯諾諾，趕緊去領海瑞來見嚴嵩。

第六章

海瑞暗中諷刺嚴嵩

　　海瑞跟著嚴二，經過幾座園亭樓閣，繞過幾處水池假山，才來到萬花樓。

　　眼前極盡奢華的庭園造景，讓海瑞大吃一驚，心想：「光這萬花樓就得花費十萬兩銀子才建得成，嚴嵩貪汙的程度，由此可見一斑。」

　　海瑞見到嚴嵩和在座的大臣，一一上前行禮請安。

　　嚴嵩連句客套話也沒有，斜眼看著海瑞說：「我們有事要談，你可以離開了。」

　　海瑞拱手行禮，說：「卑職有要事稟報，不知丞相是否願意聽？」

　　「你說吧！」

　　「丞相德高望重，威名遠播，因此卑職一到京城，立刻就來府上拜見。可是丞相的管家嚴二卻背著丞相強索門禮，說凡是初次求見丞相的官員，都要送他三百兩銀子，他才肯通報。他還說丞相規定，上京赴任的官員，必須送來萬兩銀子當見面禮，否則丞相就會

亂扣罪名，使人官位不保。長此以往，使得丞相的聲譽大受損害，而丞相卻還被蒙在鼓裡。請丞相詳加調查，以免受他連累。」

嚴嵩想不到海瑞竟敢當眾暗示他的弊端，萬分惱怒，但是眾目睽睽，他不方便直接對付海瑞，只好故意裝作驚訝的樣子，問：「真的嗎？我怎麼從沒聽說過有這種事？」他暗想：「我明明交代嚴二不能收海瑞的門禮，一定是海瑞聽到傳言，故意拿來作文章。」

「卑職絕對不敢憑空捏造。為了求見丞相，卑職傾盡家產，只湊到二百兩，嚴二還不滿意，不肯幫卑職通報。卑職的妻子怕卑職丟官，只好將首飾都拿出來湊和，嚴二總算點頭了。可是卑職為了見丞相一面，把家產都用盡了，以後衣食都成問題。不知丞相要如何教訓他？」

嚴嵩聽得又羞又怒，臉一下紅，一下青，大罵：「豈有此理！這奴才真是害我不淺！你先別走，讓我問問他，如果是真的，我一定重重懲罰，絕不寬貸！」

海瑞故意說：「他恐怕是惡習難改，丞相最好嚴屬規勸他。」

嚴嵩一聽，更是怒不可遏，馬上把嚴二叫了進來，罵他：「你當本丞相的管家，衣食不缺，怎麼還瞞著我

海公大紅袍全傳

在外邊胡作非為？」

嚴二連忙跪下說：「奴才向來安分守己，並沒有什麼過失。請老爺把奴才的罪狀說清楚，奴才死也甘心！」

海瑞見嚴二死不承認，忍不住插嘴說：「別再欺騙丞相了！你剛才收了我什麼東西？」

「你給我什麼東西了？竟敢在丞相面前挑撥是非？」嚴二臭著臉回嘴。

嚴嵩叱喝：「別多嘴！海主事告你私收門禮，有沒有這回事？」

海瑞見嚴二仍舊不承認，進一步指證說：「你剛才明明收了我二百兩銀子和一盒首飾，放在袖子的暗袋內，怎麼現在就不認帳了？」

嚴二知道再也無法抵賴了，只好陪著笑臉，對海瑞說：「我們當奴才的總是巴望著主人和老爺們的賞賜。主人剛剛警告奴才不准接受賞賜，所以奴才正想等您告退時，就將您的賞賜奉還，怎麼您就在主人面前捏造言語陷害起奴才來了？」

海瑞回答：「既然要還，現

在就當著丞相的面還給我吧！不然丞相執法如山，恐怕不能原諒你呢！」

嚴嵩看見鐵證如山，只好痛罵嚴二：「不肖的奴才！竟敢瞞著我接受客人的賞賜？還不快拿出來，當面還給海主事！」

旁邊那幾位大臣看見丞相的家醜，連忙迴避，去外頭觀賞山水庭園。

嚴二不敢再狡辯，趕緊將暗袋中的白銀和首飾全部拿出來，捧在手上，面朝嚴嵩說：「這就是海老爺賞給奴才的東西。現在當面還給海老爺，算是奴才表達對海老爺的敬意。」

嚴嵩見客人不在場了，便毫不在乎的笑著對嚴二說：「你是一個奴才，怎消受得起如此貴重的禮物？那是海老爺故意要著你玩的，你竟然當真起來了。快還給海老爺吧！」

海瑞拿回銀子和首飾，向嚴嵩拜謝：「多謝丞相破例相贈，卑職無限感激！」

嚴嵩明知海瑞在諷刺自己，不好意思發作，只想趕快將海瑞打發走，便說：「本丞相現在就要嚴懲這奴才，海主事請先回去吧！」

海瑞離開後，嚴嵩立刻責罵嚴二：「我叫你別收他

的門禮，你為什麼還收！害我白白受了一頓鳥氣！」

「奴才跟隨老爺八年以來，遵照老爺規定，收受新官門禮，提醒他們萬兩見面禮，哪一個敢多說一句話？只有這海瑞如此大膽，竟敢對老爺不敬，破壞規矩！老爺何不將他革職查辦，殺雞儆猴？」

「海瑞這人剛直忠正，又不怕死，還有張貴妃給他撐腰。萬一整不倒他，就會被他反告一狀，所以只能想辦法找機會除掉他。」

嚴嵩受到這次教訓之後，從此恨透了海瑞，只是一直苦無機會陷害他。

 嚴嵩獻甥女迷惑皇上

張貴妃自從得到嘉靖皇帝的寵愛，第三年就生下了太子，皇上欣喜萬分。

當時皇后過世已經一年，嘉靖皇帝想立張貴妃為皇后，便升殿召集文武大臣來商議。在場的大臣都沒意見，嚴嵩卻非常著急，堅決反對。

原來嚴嵩有個甥女，姓郝名卿憐，自幼父母雙亡，嚴嵩便將她收養，視為掌上明珠。郝卿憐長得非常美麗，嚴嵩請人教她歌舞琴藝，打算將她獻給嘉靖皇帝，藉此成為國戚，好鞏固自己的勢力。皇后忌日之後，嚴嵩正準備找機會將郝卿憐獻給嘉靖皇帝，不料嘉靖皇帝卻執意冊封張貴妃為皇后。

嚴嵩以張貴妃出身寒微當理由，始終無法讓嘉靖皇帝回心轉意，只好恨恨的退朝回府，對自己嘆氣說：「我多年來費盡心血調教卿憐，指望她能得到皇上寵愛，當上皇后。如今，皇后的寶座卻輕易被人奪走了！」

嚴嵩因為太過氣惱，正覺得心煩意亂，嚴二突然來通報：「兵部給事＊趙文華求見。」

嚴嵩大喜，立刻吩咐嚴二：「在萬花樓準備上等酒菜。」他心想趙文華學問好，計謀多，和他又投緣，一定可以幫他想個好辦法，替郝卿憐爭回皇后的大位。

趙文華是個趨炎附勢的小人，原本就是為了討好嚴嵩而來。他一入座便低聲問嚴嵩：「丞相方才竭力反對皇上立張貴妃為后，是為了什麼緣故呢？卑職不明白內情，所以才不敢挺身附和。」

「你真是我的知己呀！」嚴嵩轉憂為喜，舉杯敬過趙文華，接著說：「我本想將甥女獻給皇上，指望她能當上皇后。沒想到皇上竟急著立張貴妃為后，令我措手不及，真是懊惱！」

趙文華說：「張貴妃出身貧賤，哪配當皇后？皇上一定是因為她生下太子，母以子貴，才立她為后。」

「我想送甥女進宮，又擔心皇上拒絕，正不知如

＊兵部給事：相當於現在的國防部辦事員。

何是好？」

趙文華想了一下，笑著說：「卑職有好辦法了！」他把計謀說出，嚴嵩聽了開懷大叫：「妙計！妙計！事成之後，一定重重酬謝！」

隔天早朝之前，嚴嵩刻意傳話給來上早朝的大臣們，要求他們今天都不要稟奏任何事情，讓嘉靖皇帝耳根清淨一天。

早朝的時候，嘉靖皇帝看見沒有臣子上奏，詫異的問：「近來各省都沒有什麼天災人禍，邊關也沒有蠻夷滋擾嗎？」

嚴嵩趕緊抓住機會稟奏：「皇上洪福齊天，近來風調雨順，國泰民安。天下百姓能安居樂業，都是託皇上的福呀！」有多位大臣也在一旁敲邊鼓，淨說些好聽話。

嚴嵩看見嘉靖皇帝聽得滿臉愉悅，等退朝之後，便私下奏請嘉靖皇帝到他的花園去遊玩。嘉靖皇帝心情很好，一口答應。

嚴嵩一回府，立刻依趙文華的計策布置好一切，靜候嘉靖皇帝駕到。

嘉靖皇帝在中午抵達丞相府。嚴嵩跪下迎接，恭請嘉靖皇帝乘坐一輛精巧的車子，由兩名美女推到萬

花樓。沿路山水造景，幽雅非凡。嘉靖皇帝賞玩片刻，就隨嚴嵩登上萬花樓飲宴。那樓臺高聳，往外眺望，青山綠水盡收眼底。

嚴嵩請嘉靖皇帝坐在大位，親自為他斟酒。這時樂工奏起音樂，十幾名美女來到眼前翩翩起舞，嘉靖皇帝彷彿身在仙宮一般，不由得心曠神怡，喝了許多酒。

這時郝卿憐捧著玉杯，以撩人的姿態在嘉靖皇帝座前旋舞起來，讓嘉靖皇帝看得目不轉睛。她逐漸舞到嘉靖皇帝面前，下跪獻酒祝福。嘉靖皇帝不禁心神蕩漾，問嚴嵩：「太師從何處得來的佳麗？仙女下凡，也不過如此！」

嚴嵩看見嘉靖皇帝已被郝卿憐迷住了，馬上順水推舟，跪下稟奏：「這是臣的甥女卿憐，今年十七歲，如果皇上不嫌棄，就讓她入宮侍奉皇上，不知皇上意下如何？」

「太好了！等會兒就讓她隨朕回宮。」

於是嚴嵩和郝卿憐一同高呼萬歲，跪下謝恩。

　　嚴嵩恭送嘉靖皇帝回宮之後，內心非常歡喜！他重重酬謝趙文華，從此與他往來更加密切，沒多久便將他擢升為刑部郎中＊。

　　郝卿憐入宮之後，開始對嘉靖皇帝承歡獻媚，使得嘉靖皇帝越來越寵愛她，才幾個月就封她為上陽院貴妃，宮中的人都稱她嚴妃。嚴妃仗著嚴嵩的勢力，和嘉靖皇帝對她的格外寵愛，暗中收買了皇帝身邊的內侍，時時刻刻都準備謀取皇后的地位。

　　張皇后失寵之後，嚴妃又不斷在嘉靖皇帝面前詆毀她，使得嘉靖皇帝決心廢張皇后，改立嚴妃。朝中正直的大臣得知這個消息，都來進諫，但嘉靖皇帝卻以張皇后是平民，不得母儀天下為理由，改立嚴妃為后。

　　嚴妃當上皇后之後，唯恐太子將來對自己不利，

＊刑部郎中：相當於現在的法務部司長。

便聽從嚴嵩的計策，對嘉靖皇帝進讒言：「聽說前皇后張氏非常怨恨陛下，常告訴別人說等將來太子掌權，一定要報復。」

嘉靖皇帝聽了非常生氣，下令將元春和太子貶為庶民，關進冷宮，永遠不許朝見。當時太子已經三歲，一天到晚啼哭，非常悽慘。宮中的人都為這件事嘆息。

嚴嵩移開元春母子這兩塊絆腳石之後，更加目中無人，橫行霸道。朝中的文武大臣知道嘉靖皇帝下旨廢儲君，都覺得不妥，但是忌憚嚴嵩的權勢，只敢在私下議論，誰也不敢帶頭進諫。

海瑞得知消息，立刻上奏：「太子已立為儲君，天下皆知。如今被廢，臣唯恐陛下失信於天下。」但卻挽不回嘉靖皇帝的心意。

第八章　海瑞上奏嚴嵩的罪狀

　　嚴嵩因為海瑞處處與他作對，心中更加痛恨，時時刻刻都想找機會除掉他。然而海瑞辦事一絲不苟，備受肯定，讓嚴嵩費盡心機，始終抓不到把柄陷害他。

　　嚴嵩拔不掉海瑞這個眼中釘，只能一再駁回海瑞提報功勞的文書，害他四年多都升不了官。

　　海瑞向來安貧樂道，即使升不了官，仍舊不改憂國憂民的胸懷。他見嚴嵩大權獨攬，卻專做貪贓枉法的勾當，內心非常氣憤，想上書陳奏嚴嵩的罪狀，只是苦無證據。

　　有一天，嚴嵩的兒子嚴世蕃酒醉打死人，知縣一聽凶手是嚴世蕃，竟連案子也不敢辦，安撫了死者家屬，便將案子掩蓋過去。海瑞聽到這件事情，不禁感慨萬分，只恨自己官職太小，沒機會當面向嘉靖皇帝陳奏。他十分鬱悶，於是去找已當上史官的李純陽談心事。

　　李純陽請海瑞進到內堂，兩人談起嚴嵩囂張跋扈

的劣跡，都非常痛恨。談話間，有客人來訪，<u>李純陽</u>請<u>海瑞</u>稍坐片刻，自己到外面去會客。

　　<u>海瑞</u>無事可做，就從書架上取下幾本書來瀏覽。其中有一本，書頁間夾著一張蓋有史館圖章的紙，上頭寫滿了<u>嚴嵩</u>的罪狀，大大小小共有十二條。<u>海瑞</u>看了，高興的想：「史官記載的絕對是事實，這下有證據可以劾奏<u>嚴嵩</u>了！」便將那張紙摺好放進袖口中，沒向<u>李純陽</u>告辭就趕回家去。

　　<u>海瑞</u>回到家中，把紙條打開仔細看，越看越生氣，心想：「我如果不奏明皇上，除去這個蒙蔽國君、殘害萬民的國賊，實在愧對良心！」於是馬上提筆寫奏摺，陳述<u>嚴嵩</u>的罪狀，並將紙條附上去。

　　第二天清晨，<u>海瑞</u>穿上朝服，上朝晉見<u>嘉靖皇帝</u>。大家看見他，都覺得訝異，因為他的官位不高，掌管的並非朝中重要事務，平常沒有參見皇上的必要。

　　不久，金鐘響起，<u>嘉靖皇帝</u>升殿，文武百官朝見完畢，<u>海瑞</u>便由官員隊伍的後方走出來，跪在<u>金鑾殿</u>上稟奏。

　　<u>嘉靖皇帝</u>見<u>海瑞</u>捧著奏

章跪在階前，就叫內侍把奏章拿過來，當場看了一遍，一時不好決定該如何處置，就先把奏摺放進袖中。

退朝之後，海瑞喜不自勝，一路上自言自語：「如果皇上准了我的奏本，我就可以為天下人除害。縱使賠上性命，也是值得。」

海夫人見海瑞喜形於色，就問他：「老爺難得如此開懷，莫非是升官了？」

「不！我高興的是今天居然成功上奏嚴嵩的罪狀。」

海夫人大驚失色，責備說：「老爺你瘋了不成？」

「好好的辦著正事，怎麼說我瘋了？」

「如果不是瘋了，怎麼連性命都不顧了呢？如今嚴嵩權傾天下，他的甥女貴為皇后，老爺居然去參奏他的罪狀，不是自尋死路嗎？」

「夫人儘管放心！我海瑞深受皇上的恩典，如果一味愛惜生命，任由奸臣蒙蔽皇上，怎配當個報效國家的忠臣呢？」

海夫人深知海瑞嫉惡如仇，絕對不會退縮，不忍心再責備他，只是暗自為他擔心。

嘉靖皇帝回到宮中，就把海瑞的奏摺拿給嚴皇后

看。嚴皇后一看，嚇得花容失色，立刻下跪哀求：「臣妾的舅舅可能對下屬太嚴格了，所以海瑞故意毀謗他來報復，請陛下明察！」

「妳說的也有道理。但是海瑞強調奏章裡附的十二條罪狀，都是有根據的，如果不詳加調查，只怕眾臣會說朕故意偏袒丞相。」嘉靖皇帝說完，馬上傳旨，命三法司*會同秉公處理。

三法司接下聖旨，立即叫廷尉*把嚴嵩和海瑞傳來，暫時留在刑部，等候次日接受審問。

嚴皇后打聽到三法司派出劉本茂、陳廷玉和郭秀枝三人審理案件，就叫人偷偷送了三份厚禮給他們，請他們偏袒嚴嵩。三個人當中劉本茂向來廉明公正，陳廷玉缺乏主見，郭秀枝和嚴嵩交情極好。他們都不敢收禮，只對使者說：「謹遵懿旨。」

第二天，三人升堂後，先叫左右請嚴嵩來問話。嚴嵩來到堂上，三人對他拱了拱手，就叫人拿來墊子鋪在地上，讓嚴嵩坐下，然後問：「聽說太師和海瑞有仇，是真的嗎？」

*三法司：明代以刑部、都察院和大理寺為三法司，共同審理重大案件。
*廷尉：掌理刑獄的官員。

「海瑞與我一向沒有來往，會有什麼仇呢？他一定是怨恨我沒有給他升官，所以才上奏毀謗我。請三位大人明察！」

郭秀枝聽了就說：「太師說的應該沒錯，先請下去休息吧！」隨即又傳海瑞進堂。

海瑞進來後，向三人行禮。郭秀枝不讓他坐下就問：「你告嚴太師的十二條罪狀，都是有憑有據的嗎？」

「嚴嵩專權欺君，魚肉百姓，貪汙舞弊，收受賄賂，天下人都知曉。那十二條罪狀，沒有一條不是真的！」

郭秀枝冷笑一下，接著問海瑞：「你怎敢如此膽大妄為？凡是大臣犯罪，應該由群臣聯名上書。你不過是個小官，竟敢妄奏太師，你知罪嗎？」

海瑞毫不畏懼的回答：「亂臣賊子，人人都可以揭穿他的罪行，更何況是擔任國家官員的海瑞呢？如今奸臣當道，正是我盡忠報國的時候，即使粉身碎骨，也不後悔！」

「你列的這十二條罪狀是從哪兒得來的？可有人證？」

海瑞不想連累李純陽，便說：「嚴嵩的罪狀人人曉

得，受害者比比皆是，何必人證呢？」

郭秀枝聽到海瑞這樣回答，生氣的說：「好硬的嘴，我打到你招認為止！」他喝令差役把海瑞拉下去掌嘴。

劉本茂敬佩海瑞的耿直，怕他吃虧，連忙阻止說：「海主事，你奏摺內所附的紙蓋有史館的圖章，是誰寫的不妨說出來，否則我們一到史館核對筆跡，輕易就能查到，而你卻是白白挨打了。」

海瑞覺得劉本茂說的有道理，於是回答：「這十二條罪狀，是史官親手所寫，難道還有假的嗎？」

郭秀枝緊咬著不放，又問：「史館所記載的事實，都鎖在金櫃裡，你怎麼拿得到？一定是捏造的。」

「我是從李純陽的書本裡拿到的。」

郭秀枝冷笑著說：「哼！原來你和李純陽串通好了。」隨即喝令將海瑞帶下堂去，並叫廷尉去傳李純陽來問話。

李純陽正在家中與客人下棋，忽然僕人慌張的來稟報：「不好了，聽說海主事出了事情，把老爺也扯進去了！三法司派廷尉來，說要請老爺去問話，他正在大廳等老爺。」

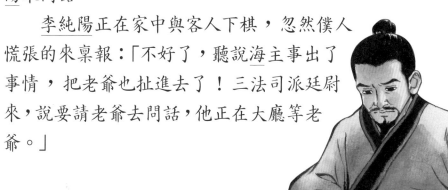

51

李純陽心中一凜，丟下棋子，出來迎接。廷尉見了李純陽，立刻說明來意。

「不知海主事為了什麼事，把我也牽扯在裡面？」

廷尉將事情經過說了一遍。李純陽聽完，知道自己大禍臨頭了，便請廷尉稍候，去和妻子訣別。李夫人聽到事情的始末，曉得丈夫這一去必定凶多吉少，忍不住哭起來。

李純陽安慰妻子：「夫人請別難過，奸臣當道，禍國殃民，我縱使保不住性命，至少保住了史官的氣節，沒有什麼好遺憾了！唯一不放心的是我們的兒子，請夫人好好教養他。」

李純陽交代好一切，就隨著廷尉前往三法司衙門。

第九章　李純陽無辜受害

　　第二天，三法司升堂坐定後，先傳李純陽進來審問。

　　李純陽一看見他向來最鄙視的郭秀枝在座，暗自嘆氣：「我死定了！」

　　郭秀枝冷笑著問：「海瑞越權上奏嚴太師十二條罪狀，我們奉旨審問，海瑞找不到確切的證據，只說這十二條罪狀是從你的書中找到的，是不是真的？」說著將蓋有史館圖章的紙拿給李純陽看。

　　李純陽一看，上面果然都是自己的筆跡，只好說：「這十二條罪狀的確是嚴嵩所犯的罪過，我在家裡寫好，還沒鎖進史館的金櫃，想不到竟被海瑞拿走了！」

　　劉本茂說：「你身為史官，記載的當朝人物功過，都應該依法嚴密的鎖在金櫃才對，怎能如此疏忽，被人拿走呢？如果追究，只怕難逃洩密的罪責。」

　　「嚴嵩所犯的罪狀，全是事實，應該列入史冊。我承認自己太疏忽，因而被海瑞私自拿走。但嚴嵩貴

為國戚大臣，卻不忠君愛民，還作奸犯科，又該如何治罪呢？」

劉本茂說：「太師犯法與百姓同罪。只是現在沒有確切證據，怎麼能判他罪刑呢？但你的疏忽卻是事實啊！」

郭秀枝見李純陽無話可說，便以他身為史官，竟捏造事實毀謗異己為理由，痛罵他一頓。

退堂後，郭秀枝私下和陳廷玉、劉本茂商議說：「幸好李純陽也拿不出具體的證據，這個案子似乎可以立刻了結，不必再追究了。」

陳廷玉同意，但劉本茂認為史官的人品經過嚴格考核，絕對不會捏造事實，所以不肯和他們聯名上奏。郭秀枝只好與陳廷玉兩人聯奏，說海瑞和李純陽兩人，因為懷恨太師沒有給他們升官，就相互勾結，參奏太師洩憤。

奏本呈上去，嘉靖皇帝看見上頭只有郭秀枝和陳廷玉兩個人聯名，心中不禁起疑，就叫內侍去宣召劉本茂進宮問話。

劉本茂回到家，心想：「海瑞和李純陽都是忠君愛國的朝臣，萬一皇上誤信了郭秀枝的話，而殺了他們兩人，我怎麼對得起自己的良心呢？」於是立刻提筆，

另外寫了一本奏章，仔細陳述實情，強調兩人忠君愛國的志節，並建言李純陽應依洩密罪處置。海瑞則是不畏強權，勇於揭發嚴嵩罪狀，應是有功無罪。

　　劉本茂奏章剛寫好，內侍就來說明聖意，於是他便帶著奏摺，欣幸萬分的進宮去面聖。

　　當時，嘉靖皇帝正在卿雲軒看郭、陳兩人的奏章。劉本茂上前叩見之後，嘉靖皇帝叫他平身，又賜他坐下，然後問：「海瑞、嚴嵩的案子，你也是主審之一，卻沒簽名參加聯奏，是否另有隱情？快為朕說明清楚，以免朕冤枉了好人。」

　　劉本茂便從袖中取出剛才寫好的奏摺，呈給嘉靖皇帝。

　　嘉靖皇帝看過劉本茂的奏章，又再看一遍郭、陳兩人的奏章，發現雙方各執一詞，只是郭、陳兩人的奏章較草率，而劉本茂的說法似乎比較合乎情理。於是又問：「你為何能將案情調查得如此詳細？」

　　劉本茂回答：「微臣在審問之後，又私下找當事人問明了案情，才敢另起奏章稟明案情。」

　　嘉靖皇帝叫劉本茂退下之後，針對海瑞告嚴嵩的事件思考了半晌。他心想：「想當年我在吉州當了十六年的通判＊，單靠俸銀過日子，根本沒有能力享受奢華的生活。後來前朝的正德皇帝因為沒有後嗣，選上以廉能著稱的我繼任皇位，我才掌握到天下的資源，開始享受帝王生活。而嚴嵩當官不過十載，卻已經奢華至極。若不是貪汙舞弊，收受賄賂，搜刮民脂民膏，哪有辦法累積如此龐大的財富？別人畏懼嚴嵩的權勢，所以不敢參奏他，要不是海瑞挺身而出，我還不知道要被他蒙蔽到何時呢！」

　　嘉靖皇帝正要下旨，把嚴嵩革職治罪，嚴皇后卻早一步得到內侍通風報信，跪在階下，口呼萬歲。嘉靖皇帝問她有什麼事，嚴皇后哭著說：「臣妾的舅舅被海瑞誣陷，聽說朝中還有人幫海瑞講話，求陛下不要輕信。」

　　「朕剛即位時，太師替朕肅清亂黨，功不可沒。就算他有不對的地方，朕也會原諒他。只是海瑞所列的十二條罪狀，是從史館拿來的，如何讓天下人相信那是假的呢？」

＊通判：省長之下掌管訴訟案件的官員。

「史館的資料是絕對不可洩漏的，可見這是他們串通好了，故意陷害臣妾的舅舅。李純陽洩漏機密，罪無可赦，求陛下先斬了李純陽，以警戒後人。」

嚴皇后說完，又嚶嚶哭泣起來。嘉靖皇帝十分疼愛她，被她這麼一哭，一時心軟了，馬上下了一道聖旨，把李純陽問斬，嚴嵩和海瑞則無罪釋放。

當海瑞被釋放出來時，已經來不及見李純陽最後一面。他一聽到李純陽被問斬的噩耗，飛也似的衝到法場，抱著李純陽的屍身痛哭一陣，隨即又飛奔到朝堂，顧不得天色已晚，鳴冤的時間已過，走到朝廷設置給朝臣申冤的龍鳳鼓旁，拿起槌子就拚命擊鼓喊冤。

鼓聲驚動了宮裡的人，禁衛軍趕緊出來把海瑞抓住，問他為什麼敲鼓。

「我有隱情，一定要見萬歲才說得明白。」

侍衛見海瑞說話含糊，抓著他不放。過一會兒，司禮監*出來問：「誰這麼大的膽子，竟敢夜晚來擊鼓？」

「是雲南司主事海瑞，卑職先將他抓住，恭候聖上下旨再處置。」

　　司禮監到了內宮，將海瑞擊鼓喊冤的事稟奏嘉靖皇帝。嘉靖皇帝聽是海瑞，便下旨傳他入內。

　　嘉靖皇帝問：「你只是一個小官，居然越權參奏丞相，朕念在你一片忠心，因此寬恕你。現在你又跑來申冤，是什麼道理？」

　　「微臣參奏嚴嵩，是稟著忠君之心。現在微臣雖蒙恩獲釋，但李翰林卻被斬了，因此臣也不敢偷生，來求陛下立刻賜臣死，以顧全朋友之義。」

　　「李純陽洩漏機密，罪當斬首，你何必為他犧牲性命呢？」

　　「李純陽身為史官，記錄嚴嵩十二條罪狀，乃是分內的事，事先並沒有想到會被微臣私自取得。所以純陽的死，實在是微臣害了他。因此，微臣不敢偷生，請陛下也賜微臣一死！」

　　嘉靖皇帝聽了海瑞這一番話，不禁感嘆說：「你真不愧是忠義的人。不過李純陽已死，不能復生，你是朕的忠臣，朕怎麼忍心賜你死呢？」於是傳旨賜李純陽冠帶，用五品*禮安葬。

＊司禮監：宮庭內管理其他太監和宮內事務的太監。

＊五品：九品官階的第五級，一品為最高的一級，依此類推。

海瑞謝過恩，領旨下殿，從禮部*官員手中接過五品冠帶，立刻趕到法場。這時李夫人和兒子李受蔭正抱著李純陽的屍體哀泣。

「嫂嫂、賢姪，先不要哭，有恩旨到。」海瑞向李夫人行禮，說：「請嫂嫂接旨。」

李夫人和李受蔭跪下，海瑞捧著官帶說：「奉聖旨，李純陽加五品職銜，賜冠帶殮葬。」

李夫人和李受蔭接旨後，海瑞趕緊幫忙辦理李純陽的後事。隔天，官員紛紛來李家弔唁，海瑞也穿上喪服，跪在一旁，就像父母過世一般的傷心痛哭，見了人就說是自己害死了李純陽。

海瑞一直等到李純陽的後事辦妥後，才回家去。他對妻子說：「李兄為我而死，現在家眷流落在京城，無依無靠，我實在過意不去。我想招贅他的公子給我們女兒當夫婿，一方面可以報答李兄的恩情，一方面可以幫女兒找到好的歸宿，不知夫人意下如何？」

「老爺打算得好！如今他們母子孤苦無依，應當把他們接過來同住，好讓公子安心讀書。婚姻大事可以慢慢再說，免得說早了，公子怕人議論，反而不肯

海公大紅袍全傳

*禮部：掌管國家典禮的官署。

過來。」

　　第二天海瑞就到李純陽的官舍，見了李夫人，表明想接他們母子過去同住。

　　李夫人說：「多謝叔叔厚意！但我們母子留在京城並沒什麼用處，只想回故鄉居住。只是手頭不方便，不知如何是好。」

　　「既然如此，嫂嫂不如先到寒舍住下，等我籌夠了費用，再送嫂嫂和賢姪回鄉。請千萬不要推卻！」

　　李夫人沒有更好的去處，只好帶著李受蔭搬到海瑞家去住。海夫人很熱誠的接待他們，兩個女人相處得如同親姐妹。海瑞對李受蔭也像親生兒子一樣，一有空就教導他功課。

　　一年之後，海瑞請媒人對李夫人說合她兒子的親事，從此兩家正式定了親，感情融洽得就像一家人。

第十章 海瑞幫助太子一家團圓

這一天是嘉靖皇帝的四十大壽，京城裡頭，家家戶戶都張燈結彩，為天子慶賀。朝廷官員們也都準備獻上壽禮，為天子祝壽。

海瑞是個窮官，又多負擔了李夫人母子的生活費，手頭更是拮据。他自從上任以來，一年到頭都穿著妻子為他縫製的那一件紅官袍，連一件替換的都買不起，如此窮苦，哪還有能力花錢買禮物給皇上祝壽呢？所以只好空著手，隨眾官一同祝賀。

嘉靖皇帝非常高興，準備豐盛的酒席賞賜群臣。酒過三巡，嚴嵩捧著玉質的酒杯，跪在嘉靖皇帝的面前稟奏：「臣願陛下福如東海，壽比南山。臣作了一首祝壽詩，恭祝陛下萬壽無疆。」

嘉靖皇帝看過後，笑著說：「難得君臣同樂，最好每人作一首詩，來紀念今天的盛況吧！」

眾臣齊呼萬歲，接著便作起詩來，陸陸續續呈給嘉靖皇帝。

嘉靖皇帝讀來讀去，全都是奉承上意的詩句，覺得沒有可取的詩作。他發現沒讀到海瑞的詩，就對海瑞說：「大家都有詩篇，你為什麼沒寫呢？」

「微臣遲鈍，現在仍在思索當中。」

「朕限你即刻完成。」

海瑞退回自己的位子上，馬上提筆，將嘉靖皇帝喜得天下愛戴，獨缺天倫之樂的情景寫成一首詩呈上。

嘉靖皇帝看過海瑞的詩，再三吟詠，又沉思片刻，不由得神色黯然，低頭不語。大家都不知道皇上為何突然感慨起來，只有海瑞知道原因，心中暗自歡喜。

嘉靖皇帝隨即宣海瑞到御座前面，感嘆說：「朕看了你的詩，覺得非常慚愧，只是事情已經到了這種地步，怎麼辦才好呢？」

「陛下恩威遍及天下，只要金口一開，他們母子就可以來為陛下祝壽了。」

嘉靖皇帝大喜，說：「依卿所奏。」接著就對文武

百官說：「朕自即位以來，不知不覺已經十年了，回憶以往所做的事，有很多不對的地方，非常後悔。現在和大家歡聚一堂，固然快樂，卻還是感到缺憾。」

眾大臣齊聲問：「陛下統治天下，四海昇平，還有什麼缺憾呢？」

嘉靖皇帝嘆一口氣，說：「朕雖擁有天下，各位大臣也都盡心輔佐，唯一遺憾的是沒有子嗣。如果今天席前能有太子為朕祝壽，那不就十全十美了嗎？」

眾大臣曉得嚴皇后沒為皇上生下子嗣，因此嚴嵩很忌諱在皇上面前提到太子，大家怕得罪嚴嵩，所以都噤若寒蟬，等著看嚴嵩的反應。海瑞卻已經大步走到御座前，跪下稟奏：「陛下明明有子嗣，怎麼說沒有？」

嘉靖皇帝裝作驚訝的問：「朕哪有子嗣？你為何這樣說？」

「前皇后張氏生下太子時，曾經昭告天下。太子現在已經七歲，難道陛下忘了嗎？」

嘉靖皇帝故作驚喜的說：「如果不是海主事提醒，朕幾乎忘記了！朕今天應該叫太子也來參加壽誕。」

「陛下何不馬上召太子來和大家相見？一來太子可以給陛下祝壽，二來可以使天下人知道陛下是仁厚

之君。」

嘉靖皇帝正要降旨，嚴嵩突然趨向前來，跪下稟奏：「萬歲，微臣有話上奏，求陛下恩准！」

「丞相請說。」

「張氏母子有罪，已經被廢好幾年了，這是天下皆知的事。倘若陛下聽信海瑞的話，天下人一定會說陛下出爾反爾。海瑞勾結被囚禁的張氏母子，趁機蠱惑陛下，請陛下立刻斬了海瑞。」

嘉靖皇帝笑了一下，問嚴嵩：「你有兒子嗎？」

「臣有一子。」

「朕想叫你的兒子，代替朕的兒子囚禁幾年，你願意嗎？」

「臣的兒子無罪，何必囚禁呢？」

嘉靖皇帝又笑了笑，說：「你的兒子沒罪，不該被囚禁。難道朕的兒子就有罪，該永遠被囚禁嗎？不必再說了，退下吧！」

嘉靖皇帝這一番話說得嚴嵩臉紅耳赤，慚愧而退。

嘉靖皇帝立即命令內侍傳旨，赦元春母子出冷宮。又命內侍在綺春軒擺設筵席，慶賀一家團圓。

這時候，元春還不知道他們的厄運已經被海瑞扭轉過來了，在淒清的冷宮裡，她感慨萬千的對太子說：

「今天是你父皇四十歲的誕辰，天下臣民都會為他慶賀祝壽。如果我們母子沒有被廢的話，今天不知道會有多高興呢！」

「可恨的奸妃和奸臣，害我們父子不得相見，將來我要是能重見天日的話，一定不會善罷干休！」

兩人說完，忍不住抱在一起痛哭。

服侍他們的太監馮保在一旁勸慰說：「娘娘、太子，請不要傷心，關於你們的遭遇，朝廷裡面難道沒有公論嗎？請放寬心情來等待才好。」

他們話還沒說完，忽然聽到敲門聲。馮保連忙出去開門，只見司禮監捧著聖旨說：「皇上有旨，特赦張娘娘、殿下二人，即刻到綺春軒朝見。」

元春和太子連忙謝恩，換上內侍捧來的冠服，隨著司禮監走出冷宮，來到綺春軒。

正在綺春軒等候的嘉靖皇帝，突然看見七歲的太子長得氣宇軒昂，不由得滿心歡喜。元春和太子跪在地上不敢起來，嘉靖皇帝動了父子之情，不禁流下了幾滴眼淚。

筵席上，太子親自為嘉

靖皇帝斟酒，還背誦了不少文章詩詞，令嘉靖皇帝更覺得喜愛他。筵席後，嘉靖皇帝讓元春住在綺春軒，馮保服侍太子住在青宮。後來又叫侍講學士*丁培源為太傅*，教太子詩書，還將綺春軒改名為重慶宮。

後來馮保聽說海瑞奏請恢復儲君的事，稟告元春：「海瑞冒死上奏，娘娘母子才能和皇上團聚。」元春感激海瑞的大恩，召太子入宮說：「我們能夠重見天日，都是海主事的幫助，你應當銘記在心，將來找機會報答。」

太子在艱險困苦的環境中成長，年紀雖小，卻已經很懂事。他很篤定的回答：「孩兒一定會感恩圖報。」

嚴皇后得知皇上特赦元春和太子之後，非常生氣，想再度迷惑皇上，讓皇上改變心意，皇上卻偏偏不來看她。她整天擔憂煩悶，不知如何是好，就寫了一封信，叫人送給嚴嵩，請他設法幫她挽回皇上的寵愛。

嚴嵩聽到皇上將綺春軒改名為重慶宮，深感不妙，

*侍講學士：編修文史的官職。
*太傅：輔導太子的官職。

嘆息說：「皇上有意要讓張氏復位，只是時機未到而已。如果卿憐貪戀皇后的寶座，不及早準備，日後一定會招來不測，後悔莫及。」於是立刻回信，叫嚴皇后要揣摩皇上的心意，先自請退位，讓皇上覺得她賢淑，不忍藉機降罪。

嚴皇后看了回信，也覺得除此之外，再也無計可施，只好上了一個奏章給嘉靖皇帝，自請退位。嘉靖皇帝大喜，立刻頒布聖旨，恢復元春為皇后，派司禮監把昭陽正宮灑掃一番，張燈結彩，又準備好車子儀從，到重慶宮來接張皇后。

張皇后穿戴著冠服，太子身穿吉服，腰間配著寶劍，母子並肩坐在車上，在皇后專屬的宮娥侍女和護衛的簇擁下，風風光光的進入昭陽正宮。

第十一章 馮保獻計詐騙嚴嵩

　　李夫人在海家住了兩年多，越來越思念故鄉和親人，堅持要回廣東潮陽去。海瑞不便再強留，便對李夫人說：「受蔭已成年，我的女兒金姑也已經滿十五歲，先讓他們成親，一個月後再動身吧！」

　　李夫人答應之後，海瑞便開始煩惱起來，因為沒有足夠的旅費，如何讓他們千里迢迢的回去故鄉安家立業呢？

　　眼看事情迫在眉睫，海瑞在一籌莫展之際，忽然想起：「太子曾叫我有困難就去找他，與其坐困愁城，不如寫封信，先向太子借些銀子應急。」隨即寫了一封信，帶到青宮門口，等了半天，終於見到馮保出來。

　　馮保見到海瑞，趕緊上前拜見，說：「海恩公在這裡做什麼？」

　　海瑞連忙回禮說：「殿下現在好嗎？」

　　「託您的福，現今正在太傅那裡讀書呢！」

　　「我有一封信，想麻煩公公轉交給殿下。」海瑞

從袖內拿出書信，交給<u>馮保</u>說：「拜託公公！後天我來聽回信。」

「沒問題！」

<u>馮保</u>回到<u>青宮</u>，太子剛好上完課，<u>馮保</u>就把<u>海瑞</u>的信呈上，說：「奴才今天在宮門外遇見<u>海恩公</u>，他先請問殿下的安，然後託奴才把這封信呈給殿下。」

太子把信拆開一看，才知道<u>海瑞</u>是為了幫助<u>李純陽</u>的家人回鄉，缺乏旅費，向他求助一千兩銀子。他心想：「我從小就被廢去儲君，幽禁在冷宮，現在復位了，就算領有月俸，也是有限，哪來一千兩銀子幫助<u>海瑞</u>呢？但他是我們母子的大恩人，第一次開口，怎麼能拒絕他呢？偏偏我沒有這麼多銀子，該如何是好？」

<u>馮保</u>見太子皺著眉頭，便問：「殿下遇到什麼難題了嗎？」

「<u>海恩</u>人目前急需一千兩銀子幫<u>李純陽</u>的家人返鄉，所以寫信請我幫忙。可是我現在兩手空空，該怎麼辦呢？」

「<u>海恩</u>人是耿介清廉出了名的，他一定是逼不得已，才向殿下開口，還是答應的好。」

「我想答應啊！可是我去哪裡張羅這筆錢呢？」

「殿下可以去國庫借一千兩銀子給他呀！」

「可是朝廷規定動用庫裡的銀子，必須先請奏聖上。父皇知道我借用這麼多銀子，一定會追究，逼得我非把原因說出來不可。你難道不曉得青宮的禁令嗎？凡是和外臣交往，或是金錢往來，都是不允許的。況且我剛被特赦，現在就和海恩人往來，萬一被嚴嵩知道了，用這個當藉口向父皇進讒言，恐怕你我又要回冷宮去了。」

馮保聽到嚴嵩兩字，突然靈機一動，大叫：「有了！有了！」

「有了什麼？」

「奴才想起來了，那奸賊嚴嵩很會貪汙索賄，家裡的銀子堆積如山，殿下為什麼不向嚴嵩借個幾萬兩來用用呢？」

「虧你說得出口！你難道不知道嚴嵩就怕找不到機會害我嗎?怎能向他借銀子？」

「當然不是用借的啦！」馮保笑了笑，接著說：「殿下明天可以請嚴嵩進宮，就說請他來為您講解五經。他一來到，當然應該

先請他坐下喝茶。奴才預先準備好一張斷了腿的椅子，用塊錦緞圍住，讓別人看不出來。再把茶杯煮得滾燙，端來熱茶給他喝，他接過茶杯一定會燙著，椅子又立不穩，肯定會摔一跤。奸賊一摔倒，茶杯當然會打破。這時殿下就馬上翻臉，抓他去見皇上，說他故意不把太子放在眼裡。到那時候，還怕他不賠您茶杯嗎？只要他肯賠，您就獅子大開口。要來的銀子送給海恩人，多餘的就留下來零用。」

太子聽了大喜，不覺手舞足蹈起來，說：「妙計！妙計！何況嚴嵩害死李純陽，賠償一筆安家費也是應該的。」於是立刻派馮保去相府請嚴嵩。

馮保來到相府，嚴二看見是內宮的人，不敢怠慢，立刻跑進去通報。

這時，嚴嵩正在書房裡看書，只見嚴二匆匆的跑來說：「青宮內侍馮保來求見相爺。」嚴嵩親自出來迎接，請馮保入書房裡坐，先問了太子的安，然後才問：「公公來見老夫，有何指教？」

「因為太子今年開始讀書，對於五經一直都不了解，所以特地派我來請太師明早進宮，為他講解。」

「太子不是有太傅在青宮教他讀書嗎？怎麼還要老夫去呢？」

「太子嫌太傅講解的經史不太清楚，又聽說太師才高八斗，所以特地指明要請太師為他講經。」

「承蒙太子宣召，老夫明早一定恭赴。」

馮保告辭嚴嵩，回到青宮覆命。太子囑咐：「這件事全靠你了，你一定要用心準備，不可出了差錯。」

「奴才會小心行事，請殿下放心！」

隔天早晨，嚴嵩沒有上朝，直接來到青宮。馮保老早就準備好一切，在宮門口等候了。

嚴嵩見到馮保，趕緊上前打招呼：「馮公公，太子起來了嗎？」

「早就起來等候太師了，請進吧！」

嚴嵩隨馮保進到宮內，太子見嚴嵩到了，親自上前迎接。嚴嵩看見太子，連忙參拜，太子趕緊扶他起身，叫馮保拿椅子請他坐。嚴嵩謝恩坐下，馮保就站在椅子後面，暗暗的用腿頂住椅子，防止那把斷腿的椅子倒下來。

寒暄了幾句後，太子便叫內侍奉茶。過一會兒，內侍端來兩杯茶，先拿溫的那一杯給太子，將滾燙的那一杯送到嚴嵩面前。嚴嵩起初只覺得那杯茶有點燙，等到整個杯子接到手上時，突然覺得像握住一團火炭般，呻吟一聲，連忙要將那杯茶放到桌上。馮保趁機

把腿收回來，嚴嵩的身子突然往後一仰，摔了個大跟斗，茶水潑到太子的龍袍，杯子也甩了出去，摔成碎片。

太子看見嚴嵩的狼狽樣，心裡暗自好笑，卻故意板起面孔罵：「豈有此理，我請你喝茶，你竟敢潑我一身茶水，還摔破我的杯子！馮保，把太師抓去見父皇，請父皇評評理。」

嚴嵩嚇壞了，跪在地上不停的磕頭賠罪：「臣實在是一時不小心，才失手打破了茶杯，絕不是有意的，請殿下原諒！」

太子氣憤的說：「我曉得，你是看我年幼，所以故意來侮辱我，我怎能受你欺負呢？」又喝令馮保：「抓好！我和你們一起去見父皇。」

馮保牢牢抓住嚴嵩的袍服，一直往大殿拖去。太子在後面押著，一同來到金鑾殿。

這時早朝還沒有散去，文武官員看見平日作威作福、頤指氣使的太師，居然被當成犯人一樣對待，都十分驚訝。嘉靖皇帝看見了，立刻叱喝馮保放手。嚴嵩整一下衣冠，跪在地上，連頭也不敢抬。太子走到龍案前，俯身下拜，給嘉靖皇帝請了安。嘉靖皇帝賜

他坐在旁邊之後，問他：

「你不在青宮讀書，卻把太師抓到殿上來，是怎麼回事？」

「兒臣蒙受父皇恩典，在青宮努力求學。只因為五經不熟，聽說太師學識淵博，所以派馮保到相府請太師來宮裡講解。哪知太師竟欺負兒臣年幼，兒臣以師禮相待，他竟將茶水往兒臣身上潑灑，還當著兒臣的面將茶杯摔得粉碎，實在欺人太甚！所以兒臣扯著他來見父皇，請父皇替兒臣作主。」

嘉靖皇帝聽完太子的話後，心想：「這孩子聰明伶俐，將來要繼承我的皇位，正好藉這個機會在百官面前幫他樹立威儀。」於是問嚴嵩：「太子好意相請，你怎能用茶潑太子，還把御用茶杯打破了呢？這分明是藐視太子，你知罪嗎？」

嚴嵩嚇得猛叩頭說：「臣奉殿下旨意到青宮講解五經，承蒙殿下賜茶，因為茶杯太燙，伸手剛接過來，就被燙得甩開了手，才把茶杯打破。臣絕對不敢藐視殿下，請皇上詳察。」

嘉靖皇帝聽了，心裡猜想是馮保和太子為了報復嚴嵩，在暗中搞的鬼，於是對太子說：「既然太師是無心失手，茶杯已經破了，叫他賠償就是了。」

「父皇的訓示兒臣不敢不遵從，不過嚴嵩有驚駕之罪，請父皇除了叫他賠償兒臣的茶杯以外，還要治他不敬之罪，作為百官警惕。」

「你要太師如何賠償？」

「兒臣要他賠償一千兩銀子。」

於是嘉靖皇帝下旨：「太師，你不該打破太子的茶杯，罰你賠償一千兩銀子，明天一早，就繳到青宮去，向太子賠罪。朕本該判你到雲南充軍三年，不過朝廷現在正值用人之際，所以特地開恩，罰你連續三天到雲南司聽審抵罪。」

嚴嵩不敢再辯解，只好叩頭謝恩，憋著一肚子怨氣回丞相府。

太子帶著馮保回到青宮，很高興的說：「太好了！現在可以報答海恩人了。」

「殿下太厚道了，剛才皇上問殿下要他賠多少，殿下應該要求多一點，怎麼只說一千兩？現在把這一千兩送給海恩人，就沒剩半點了。」

太子笑著說：「你我衣食不缺，要銀子作什麼？別太貪心了。」

馮保口中雖然答應，卻覺得不夠痛快，心想：「嚴嵩這奸賊害我隨娘娘母

子在冷宮受了四年的苦，如今好不容易有這個報仇的機會，我怎能輕易放過？這奸賊不知詐了人家多少銀子，明天等這奸賊來繳那一千兩銀子的時候，我還要詐他一些銀子來用用。」

第十二章 海瑞震怒打奸相

第二天，天還沒亮，馮保就坐在青宮門口，準備等嚴嵩來繳銀子時，再好好敲詐他一筆。等了老半天，總算見到嚴二帶著兩個人，抬著一箱銀子過來。馮保趕緊裝睡，等嚴二叫了幾聲公公，才假裝被吵醒的模樣罵說：「你們是什麼人，敢來打擾我？」

嚴二連忙陪著笑臉說：「馮公公，是我。」

馮保揉了揉眼睛說：「原來是嚴二，你來做什麼？」

「奉太師之命，送一千兩銀子來，麻煩公公通報太子。」

「沒問題！不過還是得照這兒的規矩來。」

嚴二一聽，便從袖子內取出五兩銀子遞過去，露出諂媚的笑容說：「這一點小意思，請公公賞臉收下。」

馮保接過銀子，隨手就擲到臺階下，開口罵：「豈有此理！見丞相要收門禮三百兩，見太子也要收門禮

三百兩。」

嚴二聽到馮保一開口就要三百兩，尷尬的笑著說：「請公公別開玩笑，如果嫌少，我再加一些便是了。」

「誰跟你開玩笑！這一千兩今天不賠給太子，就違反了皇上的旨意，只怕——」馮保話沒說完，轉身就往裡頭走。

嚴二急忙叫：「公公請留步！我實在不曉得青宮也有這個規矩，請等我先回去跟主人稟報，回頭再拿三百兩來孝敬公公，好嗎？」

馮保翻臉說：「我不要你主人的銀子。這三百兩相較於你平日敲詐來的銀子，不過是九牛一毛，你居然如此吝嗇，還想用你家主人來欺壓我。快給我滾出去！這些銀子休想繳給太子了！」

嚴二再也無計可施，只好忍痛付出了三百兩銀子，才順利的讓太子點收了那一千兩。

太子等嚴二離去後，便叫馮保悄悄的把銀子送去給海瑞。海瑞一拿到銀子，立刻叫海雄去雇了可靠的馬車和護衛，護送李夫人全家回去廣東。

海瑞剛送走李夫人，雲南司的下屬就來稟報：「嚴太師打碎了青宮的茶杯，除了得賠太子一千兩銀子，還要發往雲南充軍三年。但因為朝中缺人辦事，所以

皇上特加恩典，改發在雲南司三天抵罪。嚴太師明天就要來聽審了。」

海瑞聽了，不禁高興得手舞足蹈起來，笑著說：「真是天理昭彰，報應不爽呀！奸賊，你向來橫行霸道，想不到今天竟會落在我的手中！」於是集合差役，吩咐說：「明天嚴嵩來聽審，你們只管看我的眼色行事，叫你們拿下，你們便將他拿下；若是叫你們打，你們儘管重重的打。如果違背了我的話，我一定重罰。」

隔天一早，海安照海瑞的囑咐，在門外守候，等了半天，只見來了許多馬匹和隨從，前呼後擁的護送嚴嵩來到。海安叩見過嚴嵩，就進去通報。海瑞馬上吩咐三班衙役開堂伺候，然後走出來，站在大堂上，指示海安去請嚴嵩進來。

海安出來稟報：「我家老爺在堂上，恭迎太師。」

嚴嵩已經換上庶民的衣著。他命令隨從：「在外面等候。」獨自隨著海安進去，只見海瑞笑容可掬的站

在堂上，對他一拜，說：「恭請太師金安。」

「海主事安好。」

「難得太師大駕光臨，請坐，讓下官參見。」海瑞說著，連忙走下來。

「慚愧！慚愧！老夫有罪，今日奉旨來聽審，應該海主事端坐，老夫在堂下聽審才對。」

「豈敢！豈敢！太師位高權重，為國家建立不少功勞，現在只不過是犯了一點小錯，何必在意呢？請上座吧！」

嚴嵩見海瑞如此殷勤謙恭，以為海瑞想巴結他，就笑著說：「既然如此，老夫就不客氣了。」大步走到堂上，坐在海瑞的座位上。

「太師稍坐，下官去端茶來。」

嚴嵩坐在堂上，只見兩旁站立的衙役似乎都帶著怒容，不禁納悶：「海瑞最愛跟我過不去，現在我奉旨來聽審，他不但沒為難我，反而這麼謙恭。既然如此，為什麼又叫這些差役升堂呢？莫非是禮多必詐？」

嚴嵩感覺不對勁，正想要離開座位時，海瑞突然從裡面走出來，向衙役們問：「上面坐的是什麼人？」

「是嚴太師。」

嚴嵩詫異的站起來，問海瑞：「是你請老夫上座

的，你忘了嗎？」

「你來這裡做什麼？」

「老夫奉旨來聽審，你難道不知道嗎？真是豈有此理！」嚴嵩說完，帶著三分怒氣，又坐下去。

海瑞生氣的質問：「你既然是奉旨來聽審，就該遵循王法，在堂下等候審判，怎麼反而占據本判官的座位呢？」

嚴嵩知道自己又被海瑞擺了一道，不禁惱羞成怒，指著海瑞罵：「就算是偏宮私殿，老夫也是想去就去，想坐就坐，何況你這小小的主事公堂。老夫就是要占據你的座位，看你敢拿我怎麼樣？」

「我就是敢拿你怎麼樣！」海瑞喝令左右：「把嚴嵩給我抓下來！」

那些衙役知道嚴嵩惹不起，大家面面相覷，不敢動手。海瑞不禁大怒，改叫海安、海雄動手。兩人答應了一聲，如狼似虎般的衝上去，一把就將嚴嵩拽了下來。

嚴嵩大罵：「畜生！你們要造反了！你們要造反了！」

海瑞立刻升堂審問嚴嵩：「你膽敢違背聖旨，不報名，不聽審，反而把公案占據了。你認不認罪？」

嚴嵩輕蔑的冷笑說：「隨你怎麼說，反正你也不敢拿我怎麼樣！」

海瑞聽了，怒氣騰騰的說：「你不要妄自尊大，藐視王法。要知道，天子犯法與庶民同罪。你已經犯了罪，奉旨來這裡聽審，竟敢藐視王法，無理取鬧，我先打你一頓再說。」說完便喝令：「來人！將嚴嵩拉下去，重打四十大板！」

海安和海雄見衙役們依舊不敢動手，便狠下心把嚴嵩扯到階下。衙役們沒辦法，只好拿起一條三號板子，走到嚴嵩面前，先說了聲「得罪」，然後才輕輕的打下去。

海瑞看了大怒，喝退衙役，從座位走下來，接過了板子，重重的朝嚴嵩的大腿打下去，打得嚴嵩皮開肉綻，鮮血直流，在地上亂滾亂罵。

海瑞打了三十五下，湊足四十大板才歇手，大聲警告嚴嵩：「這是第一次，明天早一點來聽審，如果再敢亂來，還要打你四十大板。」然後才喝令衙役把嚴嵩攙扶出去，吩咐退堂。

嚴府的家丁在外面等了半天，看見主人趾高氣揚的進去，卻狼狽不堪的出來，都

大吃一驚，趕緊上前問候。這時嚴嵩早已痛得說不出話來，只是搖頭。家丁們連忙趕回家中，抬來一頂轎子，把嚴嵩抬了回去。

　　回到家，嚴嵩因為被打得痛極了，躺在床上，竟像死了一般，經過一個多時辰才甦醒過來。他越想越氣，便叫兒子嚴世蕃幫他寫好奏章，準備隔天早朝時，在嘉靖皇帝面前告海瑞的狀。

　　第二天早朝，嚴嵩叫家丁用擔架把他抬到皇城的正門＊。等候上朝的文武百官看見他傷成那樣，都非常驚訝，問他發生了什麼事。

　　「海瑞挾怨報復，對老夫動用私刑。」

　　大家聽到海瑞打嚴嵩的消息，私下議論紛紛：「海瑞居然敢打嚴太師，這不是存心找死嗎？」

　　欣賞海瑞忠肝義膽的人，都為他捏了一把冷汗。那些看不慣嚴嵩作為的人，內心都暗自歡喜，恨不得海瑞能打得更重一些。

　　過一會兒，金鐘響起，嘉靖皇帝升殿。嚴嵩故意等百官參見完畢，才舉步維艱的挨到龍案前說：「參見萬歲。」

＊皇城的正門：群臣準備上朝，恭候聖旨的地方。

嘉靖皇帝見嚴嵩這樣狼狽，就問：「嚴卿家發生了什麼事？」

　　「臣因為得罪了太子，蒙陛下法外開恩，令臣到雲南司聽審三日，不料海主事公報私仇，頭一日就動用私刑把臣毒打了四十大板，臣受傷過重，只怕再下去就性命難保了。請陛下作主啊！」嚴嵩哭著呈上奏章。

　　嘉靖皇帝看過奏章，大為震怒，說：「大膽的海瑞，竟敢私自責打大臣，心中還有王法嗎？」立刻傳旨御林軍，把海瑞抓來問話。

第十三章 太子請旨救海瑞

　　不久海瑞就被抓來了，跪在金階前。

　　嘉靖皇帝怒火沖天的罵：「嚴太師只不過犯了一點過失，朕叫他在雲南司聽審三天，你為何如此大膽，無緣無故責打大臣？」

　　海瑞叩頭說：「臣罪該萬死！請陛下容臣說幾句話，臣死也瞑目。」

　　「你還有什麼話好說？」

　　「嚴嵩藐視青宮，奉旨到雲南司聽審，這已經是陛下法外施恩了。但嚴嵩卻不尊奉聖旨，仗著位高權重，到了雲南司，不但要臣接待，還占據臣的公案，放肆無禮到了極點。臣心想，法堂是執行王法，為國家建立規矩的地方。而嚴嵩這種藐視王法的行為，就是欺君。臣為了維護王法，所以才責打他。」

　　嚴嵩看見嘉靖皇帝似乎聽信了海瑞的話，急忙在一旁稟奏：「陛下對臣法外施恩，海瑞卻不願遵行聖旨，這才是藐視王法呀！」

嘉靖皇帝聽信嚴嵩的話，臉色一沉，喝令御林軍：「將海瑞綁到西郊，午時斬首！」

　　海瑞不再辯解，神情從容的讓御林軍綁了出去，來到午門，恰好遇見馮保。馮保看見海瑞被綁，嚇了一跳，趕緊問他是怎麼回事。

　　馮保聽了海瑞說明經過之後，安慰他：「恩公放心！我立刻進宮稟告娘娘和殿下，他們一定會想辦法救你。」

　　「太遲了！勞煩公公代我轉奏娘娘和太子，說海瑞蒙受他們的恩典，來世一定會報答他們。」說完就被御林軍推走了。

　　馮保飛也似的跑到昭陽正宮，一見張皇后就喊：「不好了！不好了！」

　　「發生什麼事了？」張皇后連忙問。馮保稟奏海瑞被下旨處斬的事，張皇后大驚說：「這可怎麼辦？快去請太子來！」

　　馮保答應一聲，又飛奔到青宮，見了太子也不及細說緣故，只說：「奉娘娘懿旨，請殿下立刻前去，有緊急的事商量。」

　　太子聽了，火速來到昭陽正宮，只見張皇后淚流滿面，不禁吃了一驚。問明原因之後，焦慮的問馮保：

「該怎麼辦呢？難道眼睜睜看著海恩人被殺嗎？馮保，你快想個計策，我們好去救海恩人啊！」

「奴才也沒什麼好計策，時間太倉促了，不如太子親自到法場，要監斬官暫緩行刑，等皇上氣消了，再去求情，也許可以救海恩人一命。」

太子同意了，隨即拜別皇后，和馮保騎著快馬往法場趕去。來到法場，一直闖到裡面才下馬。那些押解海瑞的官兵不認得太子，見他們來得又急又猛，急忙吆喝：「你們是什麼人？竟敢擅闖法場重地，還不快退出去，想找死啊！」

馮保回罵說：「大膽！你們瞎了狗眼不成？就是不認得太子，也該認得我老馮啊！」

官兵們聽了都大驚失色，連忙跪在地上，磕頭討饒：「叩見太子！小人有眼無珠，該死！該死！」

太子叱令他們站起來，問：「是誰監斬？」

「是張聰大人監斬。」

馮保別過臉，小聲對太子說：「張聰是嚴嵩的門生，殿下等會兒去向皇上討保海瑞，一定要帶著他，免得他聽命於嚴嵩，執意要行刑。」然後便大聲嚷：「大膽的監斬官，太子來了，還不出來接駕！」

張聰聽到外頭有人喧嚷，氣沖沖的走出來，開口

便罵：「什麼人在這裡吵吵鬧鬧？給我拿下去見太師。」

那些軍官尷尬的笑著說：「大人，您知道這兩位是誰嗎？」

「不就是死囚的親人嗎？給我一起拉下去打！」

「大人，是太子殿下呀！」

張聰一聽，嚇得全身發抖，跪在地上，不停的叩頭請罪。

馮保斥罵：「起來！等會兒再和你算帳。我問你，海老爺在哪裡？」

「海老爺在石墩上等著行刑。」

「快把他鬆綁了，帶來見我。」太子焦急的說。

張聰不敢怠慢，趕緊到石墩上，親自把海瑞的鎖鏈解下，說：「海老爺，您的救星到了，快隨我去與他見面吧！」

海瑞來到大廳，一見到太子，連忙下跪，流著淚說：「殿下對臣如此恩遇，臣死後也會感到不安哪！」

太子親自扶起海瑞，又叫張聰拿座椅過來，海瑞連忙說：

「萬萬不可！此地是執法的地方，臣又是待斬的罪人，怎敢與太子對坐？臣有幸能見殿下一面，死也瞑目了！但願殿下好好孝敬皇上，將來以仁德慈善治理天下，那就是百姓的福氣了。臣就要受刑了，請殿下回宮吧！」海瑞淌著兩行淚水，叩謝太子。

太子也哭著說：「恩人只管放心，我一定面見父皇，保恩人一命。」

太子吩咐馮保留下來陪著海瑞，隨即叫張聰跟隨他，快馬加鞭來到朝門才下馬。他叫張聰在外面等候聖旨，自己一個人進宮去了。

第十四章 馮保監杖保護海瑞

　　太子進到宮中，遇見張皇后，皇后連忙問：「海恩人現在怎樣了？」

　　「海恩人還在法場，孩兒帶著監斬官前來聽候聖旨，留下馮保在那兒守護著海恩人。不知母后有沒有什麼好辦法，可以救海恩人一命？」

　　「皇上還在午睡。我看只有等皇上睡醒之後，我們母子再向皇上懇切的哀求，也許皇上會願意赦免他的死罪。」

　　母子兩人正在商量時，宮女來稟告：「皇上醒來了。」兩人趕緊入內去問安。

　　嘉靖皇帝一看見太子就問：「你不在青宮讀書，來這裡做什麼？」

　　太子跪在龍榻前面稟奏：「兒臣有一件事，叩請父皇恩准。」

　　「你小小年紀，會有什麼重要的事？說吧！」

　　「海瑞不知道犯了什麼罪，以致父皇下旨要斬他。

兒臣想保他。」

「海瑞竟敢責打當朝丞相，擾亂朝廷綱紀，所以該受極刑。你為什麼要保奏他？」

「海瑞曾冒死上奏，兒臣才得以和父皇團聚。他有恩於兒臣，所以兒臣不想做負心人。況且海瑞會責打丞相，也是有一番道理的。」

「有什麼道理？你說來聽聽看。」

「嚴嵩雖然貴為丞相，可是一旦犯了罪，奉旨聽審，就不該再以丞相自居。誰知他仍然仗著權位，逾越王法，占據海瑞的公案，所以海瑞才責打他。海瑞為了捍衛王法，不畏權勢，正是父皇最忠心正直的臣子啊！如果殺了他，恐怕以後忠義的臣子都會畏懼權勢，不敢公正執法了。請父皇要考慮後果。」

嘉靖皇帝被太子這番話說得龍心大悅，他想：「太子的年紀雖小，卻解說得頭頭是道。如果殺了海瑞，恐怕臣子都會忌憚權貴，誰也不敢公正執法了。可是如果就這樣把海瑞放了，嚴嵩一定不會心服。」

嘉靖皇帝思考了片刻，對太子說：「你先下去吧！朕會赦免海瑞的死罪。」

太子聽到嘉靖皇帝承諾赦免海瑞死刑，欣喜的謝過恩典，又出了宮殿，趕到西郊的法場，把他進宮懇

海公大紅袍全傳

96

求皇上，皇上答應免除死罪的經過告訴海瑞。

海瑞聽了心中一寬，感激涕零的下跪，感謝太子救命之恩。

過片刻，內侍就趕到法場來宣讀聖旨，罰海瑞交廷尉重打八十大板，在刑部監禁三個月。

內侍離開不久，就有差官來提海瑞。

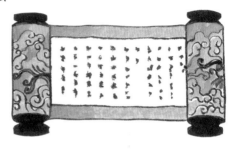

太子對差官說：「海主事是我的恩人，雖然奉旨受刑，可不許你們故意重打，如敢違抗，我一定會計較。」

差官唯唯諾諾的遵命。太子就叫馮保親自送海瑞前往受刑，並且叮囑他要監督杖刑。

海瑞流著淚向太子叩謝，太子將他扶起，安慰說：「你儘管放心，一切自有我為你作主，你的家眷我也會幫你照應。」說完才回宮。

太子一離開，張聰立刻去向嚴嵩稟告海瑞被赦免的消息。

嚴嵩氣急敗壞，跺著腳嘆息：「太子為什麼偏偏要和我作對？」馬上寫一封信給廷尉，要求廷尉在行刑

時要下重手，將海瑞打死。

廷尉看過嚴嵩的信之後，心想：「如果不遵從嚴嵩的命令，一定會受到責怪。可是海瑞為人正直，又和我無冤無仇，我怎麼忍心下毒手呢？況且又有太子在替他撐腰，如何能下重手打他？」

廷尉正在左右為難時，差官來報告：「海瑞已經提到。青宮太子特地派遣馮公公護衛著來，說是來監督杖刑的。」廷尉連忙去請馮保入內奉茶。

馮保對廷尉說：「海老爺是奉旨來貴衙門發落，太子因為放心不下，特地派我來監杖。」

「海老爺既然是奉旨發落，我一定照應就是了，請公公放心！」

「照應不照應自然是在您心中，我哪裡管得著？不過既然太子有交代，我好歹是要看清楚的。請升堂吧！」

廷尉吩咐升堂，又叫手下多擺一張椅子，請馮保坐。馮保謙讓說：「我只是個侍奉太子的內官，哪敢造次，坐在朝廷辦公的公堂上？」於是就站在公案旁邊監看。

過一會兒，差官把海瑞帶上堂來。廷尉先站起身，朝馮保拱了拱手，接著才對跪在地上的海瑞說：「海公今天是奉旨發落的，請別怪晚輩得罪了。」

「這是應該的，請大人快施杖刑吧！」海瑞說著，就自己走到階下，準備受刑。

左右衙役上堂請示用幾號杖，廷尉指示用二號杖，馮保一聽連忙說：「他哪裡禁得起二號杖？拿七、八號的來吧！」

廷尉說：「沒那麼小號的杖，改拿三號的吧！」

馮保點頭答應。衙役們取了三號杖，上堂看驗後，馮保囑咐說：「輕輕的打，要是打重了，只怕你們的腿要割下來賠呢！」

文書發令開始杖刑，左右吆喝一聲，衙役就動起手來。才打五杖，海瑞便痛得呻吟起來。

馮保怕海瑞承受不住，連忙阻止：「好了！好了！就這樣算了吧！」

廷尉說：「萬萬不可！這是奉旨行事，我不敢欺君枉縱，請公公原諒！」

「既然如此，那就讓我替海大爺挨打吧！」

「馮公公真是愛說笑了，我吩咐衙役再打輕一點就是。」

衙役聽到廷尉這樣說，果然下手輕了許多，海瑞也不覺得疼痛難耐了。他聽見馮保警告衙役的話，恐怕自己再喊痛，會連累行刑的衙役，所以咬緊牙根撐了過去。

馮保看見行刑完畢，立即上前去把海瑞扶起來，說：「海恩公，杖刑已經受過了，還有三個月的牢要坐。您只管放心的進去，太子會常關照您的。」

海瑞感激的說：「屢次蒙受殿下與馮公公的恩情，海瑞今生不能報恩，來世做犬馬也要報答的。」

馮保說了聲珍重，就告別海瑞，回青宮去向太子覆命了。

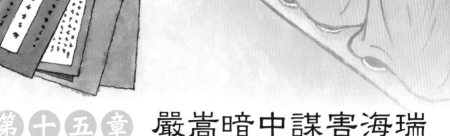

第十五章 嚴嵩暗中謀害海瑞

廷尉對海瑞施過杖刑之後，命差官將海瑞解送到刑部監禁。

嚴嵩得知馮保從中作梗，省去海瑞的一頓毒打，大為震怒。他一心要斬草除根，便叫嚴二暗中去告知刑部侍郎＊桂岳，交代他一定要設法害死海瑞。

桂岳是個趨炎附勢的小人，他是嚴嵩的門生，又拜嚴嵩為乾爹，一路受到嚴嵩提拔，對嚴嵩百依百順。他一得到嚴嵩的命令，立刻吩咐司獄官胡坤：「雲南司主事海瑞今天發到本部來，你想個辦法，拿一張病狀來解決他的性命。」

胡坤問：「海瑞和我們無冤無仇，大人為什麼要他的命呢？」

「唉！嚴太師和海瑞仇深似海，剛才派人傳來口信，要我們取海瑞的性命，不得有誤！我們如果違反

＊刑部侍郎：相當於現在的法務部副部長。

太師的旨意，將來如何指望他拔擢呢？」

「既然是太師的命令，卑職哪敢不從？卑職這就著手進行。」

「你打算怎麼做？」桂岳問。

「只要將海瑞關進獄底，斷了他的米糧，保證他活不過十天。」

桂岳點頭稱許。胡坤回到刑部監獄，把獄卒們召集過來，將嚴嵩的旨意告訴他們。獄卒們不敢違抗嚴嵩，就把海瑞關進獄底去了。獄底是地牢的最深處，又潮溼又黑暗，原本是用來監禁將死的或被判死刑的犯人，四周陰風透體，讓人毛骨悚然。好端端的人一旦被關在那兒，任你多麼健壯，也休想活命。

海瑞被上了手銬腳鐐，又套上腦箍，難以動彈的蹲在地上，只覺得陰風刺骨，睡也不能，坐也不行，隔天就害起病來了。

海安每天送飯到監獄來，但都被嚴二阻擋在門外。他無計可施，便想去求太子幫忙。無奈在青宮門外一連等了兩天，都沒見到馮保與太子，只好回去和海夫人商議。

海夫人憂心忡忡的說：「嚴嵩從中作梗，看來要見老爺的面，只有靠刑部裡的人才有辦法。」

「啊！有了！刑部郎中鄧來儀大人是老爺的鄉親，和老爺向來友好，他每隔五天要到監獄去察看犯人一次，小的懇求他帶小的進去，或許他會答應。」

海夫人催促海安：「好，你快去吧！就說我原本應該親自去求他的，只是嚴嵩耳目眾多，怕會連累到他，請他原諒。」

海安領命，飛奔到鄧府叩見鄧來儀，把海瑞的危急處境稟告鄧來儀，求鄧來儀去查監的時候，帶他一起進去見海瑞。

鄧來儀說：「聽說嚴嵩透過桂岳，命令獄卒斷絕海主事的糧食，要害死他。又命嚴二把守獄門，不許人送飯進去。我原本就想幫海主事，可是後天才輪到我巡監，你後天清晨再來，扮成我的隨從進去吧。」

海安叩謝後，趕緊回去稟告夫人。

鄧來儀答應幫忙海安之後，心想：「海瑞已經被斷糧兩日，等我後天進去，只怕他已經餓壞了。如果不能送東西給他吃，他肯定會餓死。」左思右想，忽然想到一個辦法，便叫僕人去買五錢人參和兩升糯米回來，吩咐將糯米煮熟，連同人參一併搗爛，

和在一起，打成奶餅一樣的東西，用紙包好，藏在他的烏紗帽中。

第三天早上，鄧來儀帶著三個家丁連同海安共四個人，來到刑部的監獄。哪知嚴二早就在監獄的大門守著，見了鄧來儀也不理會。鄧來儀從前吃過嚴二的虧，他暗自盤算著，等見過海瑞出來，再找機會教訓嚴二。因此暫時不和嚴二計較，只叫獄卒打開監獄的大門，帶著海安等四名隨從進入。

鄧來儀來到亭子上，胡坤把犯人的名冊呈上去，鄧來儀便依照名冊到各處監牢去查點犯人。他到最後才點到海瑞的名字，不見有人答應，便問：「這個人哪裡去了？」

胡坤推託責任，說不知道。

鄧來儀發怒說：「監獄重地，怎麼連犯人在哪裡都不知道！誰負責看守的？」

獄卒連忙跪下稟報：「嚴太師下令，將海主事移去獄底監禁。」

「他們都是一樣的官犯，為什麼單單把海瑞關在獄底？」

「這是太師的命令，小的不過是奉命行事而已。」

鄧來儀指示：「先去獄底查點一下再說。」

獄卒不敢違抗，只得引鄧來儀來到獄底。一到那裡，只覺得四周陰森森、黑漆漆，什麼也看不見，只聽見呻吟聲。

鄧來儀問：「是什麼人在呻吟？」

獄卒回答：「這就是海主事的聲音。」

「這麼黑哪看得到犯人？快去點燈來。」

獄卒答應一聲，去外頭取燈火。鄧來儀便抓緊時機，順著呻吟的聲音，來到海瑞的身邊，問：「你是海兄嗎？」

海瑞聽到有人叫他，便答應著說：「是的，您是哪位？」

「我是鄧來儀，今天特地來救你的。嚴嵩串通桂岳，打算把你餓死在這裡。」說著，就從烏紗帽裡取出人參糯米餅，交給海瑞，小聲說：「你先拿著，餓的時候就吃一點。先保住性命，我再想辦法救你。」

海安也走向前，正想說話，忽然看見獄卒點著燈進來了，趕緊走開。等獄卒把燈帶到，他們才看見海瑞狼狽的病容。鄧來儀故意點名驗看一下，然後才到亭子裡去休息，準備用午飯。

第十六章 鄧郎中責打嚴二

　　中午時分，嚴二還在門口看守著。這時，鄧來儀的家丁送午飯和點心來給主人，卻被嚴二擋了下來。嚴二知道鄧來儀跟海瑞要好，疑心他會給海瑞送吃的，說什麼也不肯放行。

　　「你是什麼人？竟敢阻擋我給巡監老爺送飯！」送飯的家丁翻臉了，說什麼也要進去。

　　「狗奴才！我是你嚴二大爺！」嚴二破口大罵，一把搶過對方的提籃，將食物全傾倒在地。於是兩人當場就叫囂扭打起來。

　　胡坤和鄧來儀被外頭的吵鬧聲驚動了，跑出來察看。鄧來儀看見自己的家丁和嚴二扭打成一團，連忙喝止：「別打了！你們不知道這是什麼地方嗎？真是膽大包天！」

　　送飯的家丁就把嚴二怎樣阻攔，怎樣把食物傾倒在地的經過情形，詳細稟明。嚴二卻還在那裡不乾不淨的叫罵，惹惱了鄧來儀，怒斥：「哪裡來的大膽奴

才？竟敢在這裡撒野！」

嚴二反唇相譏：「你又是哪裡來的呢？難道沒聽過我嚴二先生的大名嗎？」

「原來你是嚴太師的家奴，膽敢將本官的午飯倒在地上，是什麼道理？」

嚴二鼻孔朝天說：「我奉了太師的指示，在這裡把守，你的家丁非要把東西送進去，我才將它倒在地上，難道不應該嗎？」

鄧來儀一聽，更是怒氣填胸，罵說：「你家太師又不在刑部辦公，怎會派你在這裡把守？這午飯是我要吃的，你竟敢不准奉旨巡監的朝廷命官吃午飯，這不是踐踏王法嗎？真是可惡至極！」於是命令左右獄卒：「給我拿下！」

可是那些獄卒們懼怕嚴太師，沒人敢動手。鄧來儀便喝令家丁動手。家丁們得到主人命令，大步向前，一把抓住嚴二，扭在地上。

鄧來儀又下令：「快拿大號板來，給我重重的打！」

海安早就對嚴二恨入骨髓了，如今逮到機會，立刻從獄卒手中搶過一條大號板，使勁朝嚴二打下去。才幾下就打得嚴二皮開肉綻，痛得在地上翻滾亂罵。

鄧來儀痛恨嚴二那張嘴，就叫海安脫下皮靴，狠狠的將嚴二掌嘴，打得嚴二那張嘴腫得像雷公嘴一般，才不敢再罵。

鄧來儀氣憤的回到府中，海安叩謝了鄧來儀，趕忙回去稟告海夫人。

嚴二沒法走路，雇轎子回到相府，就去向嚴嵩告狀。嚴嵩只是嘆氣說：「你真不識好歹！鄧來儀奉旨巡監，你卻打翻他的午飯，如果是老夫，毒打一頓還嫌輕呢！」

嚴嵩問清楚海瑞仍然沒東西吃，暗自歡喜，以為自己的奸計快得逞了，便不想追究嚴二挨打的事了。

第二天一大早，海安遵照夫人指示，又到青宮門口等候。一直等到隔天中午，終於看見馮保走出來。海安欣喜若狂，慌忙上前叩頭，哀求說：「馮公公救命啊！可憐我家主人快餓死在牢中了，夫人要我來央求公公幫忙，我等了五天了，好不容易才等到救命菩薩。看來我家老爺有救了！」

「咦！海老爺已經受過杖刑，只要再坐滿三個月的牢，不就沒事了嗎？」

海安便把嚴嵩命令監獄上下，要在監獄裡害死海瑞，又派嚴二把守獄門，防備有人暗中照應海瑞的事，

海公大紅袍全傳

一一稟告馮保，馮保怒不可遏，罵說：「可惡的奸相！竟敢謀害海老爺。你跟我一起進宮去稟告太子。」

海安叩了謝，就隨馮保進入青宮。這時太子正在書房看書，看見馮保領著海安進來，就問：「海管家，進宮來有什麼事？」

海安跪在地上，只叫了一聲太子，便痛哭失聲，傷心得連話都說不出來。

太子覺得忐忑不安，又問：「到底發生了什麼事，哭成這樣？」

海安還是泣不成聲，馮保在一旁乾著急，只好替他把原因稟明。

太子一聽，不覺勃然大怒，說：「嚴嵩啊嚴嵩！你未免太霸道了！海恩人已經服了罪，就該算了，怎麼非要害死他不可呢？我絕不會讓你的奸計得逞。」

太子接著對海安說：「你先別哭，我自有主意，保證你家主人平安無事。」

海安聽了，連忙叩頭謝恩。

太子叫馮保與海安兩人跟隨著，一起到刑部衙門去。到了大堂，只見靜悄悄的，沒有人出來接駕。馮

保生氣起來，大聲喊：「有人在嗎？」叫了老半天，總算看見一個老頭子從裡面踱出來。

馮保問：「你在這兒擔任什麼職務？」

「是看守衙門的。」

「官員都不在嗎？」

「他們上午都在這兒，下午就回去私衙辦公，所以派我在這兒看守。」

「原來如此。你去通知各處的大人，說有人要見他們。」

老頭兒板起臉：「你是什麼人？好大的口氣！也不看這是什麼地方，竟敢說起大話！討打嗎？」

「你要問我是什麼人嗎？我就是你家各位大人的小主子，司禮監馮保。」

老頭兒一聽，瞄一眼馮保，連忙賠罪：「小人有眼不識泰山，請馮公公別見怪！」

「只要你快去通知各位大人來，我就不怪你。就說太子在這兒等，有話要詢問他們。」

老頭兒聽了，嚇得心驚膽跳，飛快到刑部尚書*何堦的府裡去通知。

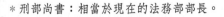

*刑部尚書：相當於現在的法務部部長。

何堦聽說太子來到刑部，趕緊跑到衙門來。只見太子坐在廳上，旁邊站著兩個人，急忙向前跪下說：「臣何堦接駕來遲，請恕罪！」

太子發怒問：「海主事犯了什麼大罪？你們斷絕他的糧食，是什麼道理？」

何堦聽到太子問起海瑞的事，連忙說：「海主事發到刑部來，一直都是桂岳在處理，微臣並不清楚。」

「馬上把桂岳叫來！」

何堦叩謝後，趕緊叫隨從去傳桂岳。

桂岳聽說太子傳喚他，想到一定是害死海瑞的陰謀東窗事發了，驚恐萬分的來叩見太子。太子果然怒火沖天的罵他：「海主事是奉旨發來監禁的，你居然敢斷了他的糧食，是不是想害他的命？」

「供應糧食是獄卒的事，微臣不知道這件事。」

「主事者就是你，何必推託？快請海主事過來，要是他有什麼三長兩短，就用你的命來抵！」

桂岳一聽，頓時嚇得面容慘白，火急趕去獄底。他看見海瑞躺在地上，不由得手腳發軟，萬念俱灰的哀嘆：「海瑞關在獄底，又餓了許多天，看來是沒命了。可憐我為了幫太師報仇，害死海瑞，卻也害死自己！」卻不知海瑞得到貴人相助，保住了性命，此時

正熟睡著呢。

獄卒探到海瑞還有鼻息，趕緊扶他起來。

桂岳忽然聽到海瑞問：「要做什麼？」立刻像撿回了一條命似的，欣幸萬分的湊過去扶他，問：「主事覺得怎樣？」

「還好，只是地上太溼了一點。」

「這都是獄卒的過失，等一下我來責罰他們就是。太子來看您，我扶您到外面去。」

海瑞聽說太子來了，就故意癱倒在地，呻吟說：「我全身疼痛，又餓得渾身無力，沒辦法去了！」

桂岳正在著急時，馮保已經尾隨而至，他一見海瑞的樣子，破口便罵：「桂岳，你真狠毒！一個好端端的人，關在你這兒不過幾天，就連命都快沒了。等一下到外頭再和你算帳！」

海瑞有氣無力的說：「馮公公，可憐我自從到監獄服刑以來，天天被他們虐待，現在連走也沒辦法走了。麻煩公公叫人拿擔架來，把我抬出去，只要見到殿下一面，就是死也瞑目了。」

馮保聽了，痛罵桂岳：「好！好！你居然把他害成這個樣子，連走都不能走了。現在太子馬上要他出去問話，你看該怎麼辦？這樣吧，你把他背出去好了。」

「沒問題！」桂岳說著就叫獄卒背海瑞。

馮保又罵：「不行！要你桂侍郎親自背才夠誠意。」

桂岳被馮保罵得慌張失措，無可奈何，只好親自去背海瑞。海瑞痛恨他和嚴嵩狼狽為奸，故意在他脖子上淌下許多口水和鼻涕。桂岳只能忍氣吞聲，一直來到太子面前，才小心翼翼的把海瑞放下。

太子連忙上前問候。海瑞伏在地上，哭著謝恩。

「海恩人為何變成這一副消瘦的病容？有任何委屈儘管說出來，我會為你作主。」

海瑞這才把在獄中遭受凌虐的情況說給太子聽。太子聽完，勃然大怒，把桂岳叫了過來，痛罵：「海主事跟你無冤無仇，你居然下得了這樣的毒手！要不是我今天來探望，他多半是要死在獄底

了。他是奉旨來的，你竟敢如此對待！我暫且把他交給你服侍，每天三頓飯，如果服侍不周到，絕對嚴辦！」

桂岳只能唯唯諾諾的答應。

馮保對太子說：「他嘴裡答應，就怕等殿下離開之後，又虐待海恩人。不如找個大秤來，當面秤一秤海恩人的體重，登記下來，叫他好好的供養，體重要是減輕了，就割他的肉下來補。」

「好！就這麼辦。我每五天就來秤一回。」太子再次跟桂岳警告過，才帶馮保回宮。

桂岳受了一肚子氣，卻不敢對海瑞發作。他叫人把海瑞送到官倉裡住著，每天好酒好菜供奉，絲毫不敢怠慢。才半個月，就把海瑞養得白白胖胖。

海瑞不禁暗自嘆息：「我自從當官以來，哪曾這般享受？再這樣下去，就怕會樂不思蜀，恨不得多坐幾年牢了！」

桂岳一方面遵從太子的命令，一方面又怕嚴嵩怪罪，就去相府求見嚴嵩，稟明太子插手拯救海瑞的經過。

嚴嵩聽了，氣得捶胸頓足，萬分懊惱的嚷：「可惡！餓死海瑞的計畫竟然功敗垂成。海瑞一日不除掉，

老夫一日不快活！」從此更加痛恨海瑞。

　　太子將嚴嵩謀害海瑞的事稟告張皇后，皇后擔心嚴嵩再下毒手，就趁嘉靖皇帝在宮中飲宴時，求嘉靖皇帝特赦海瑞。嘉靖皇帝心想海瑞已得到教訓，便下旨特赦海瑞出獄，調任山東濟南府歷城知縣。

　　海瑞領旨謝恩後，直接到青宮叩謝太子。

　　第二天，太子派馮保帶著三百兩，送給海瑞做旅費。海瑞準備妥當之後，就帶著夫人和海安、海雄，上路赴任去了。

第十七章 海瑞入虎穴搜查罪證

　　海瑞一行人帶著簡單的行李，曉行夜宿，沒有人知道他是出京赴任的縣令。

　　海瑞來到歷城縣境內，不急著上任，先把家眷安置在旅店，自己帶著海安，喬裝成測字先生的模樣，每天到熱鬧的地方去擺測字攤，查訪民情。

　　歷城縣有一個大地主，名叫劉東雄，經常仗著自己財大勢大，勾結官府，欺壓善良百姓。他在離城五里的地方，建了一座大莊院，其中糧倉庫房、庭園樓臺樣樣都有，還娶了十幾個美妾，一天到晚尋歡作樂。這樣他還不滿足，只要看見誰家有漂亮的閨女，就千方百計的娶來作妾，要是對方不肯，他就派大批家丁去搶人。

　　此外，劉東雄還放高利貸來壓榨窮苦急難的人家，如果對方無力償還，就要強占他們的田地，或強押他們的子女充作奴婢。遇到反抗的人，就將他送官府嚴辦。歷任的知縣因為拿到他不少賄賂，自然任由他作

威作福、欺壓善良。當地的百姓求救無門，只好忍氣吞聲。

劉東雄做慣了傷天害理的事情，卻始終逍遙法外，因為他很善於花錢買通官府，不只是歷城縣和濟南府的官員，就是山東省的官員也拿了他不少好處。因此他更是膽大妄為，無惡不作，受害者多得數不清。

海瑞查訪了十幾天，把劉東雄的罪狀調查得一清二楚，一上任就先檢閱案卷，看到告劉東雄的狀子很多，卻都沒有結案，立刻開出一張拘票，命令差役馬上拘提劉東雄到案審問。

差役們把拘票看了又看，背地裡笑著說：「這位新上任的縣太爺太不識時務了！別說只有一張拘票，就是千張萬張，也只能拿來糊窗戶而已。」於是將拘票放在一邊，根本不當一回事。

過了幾天，海瑞看見劉東雄還沒到案，就把奉命拘拿的差役們叫過來質問。

差役稟報：「屬下已經到劉府去過了，因為他家莊院門禁森嚴，屬下不敢進去，所以沒能將他拘提到案。大人若想捉拿劉東雄，一定要親自走一趟才行。」

海瑞發怒說：「本官早就知道他是地方的惡霸，而且你們經常收受他的好處，所以和他連成一氣。我再給你們五天的期限，如果沒有捉拿劉東雄到案，一定重重懲罰！」

差役們退下以後，大家笑成一團，其中一個說：「這個縣太爺一定是想敲劉大爺一筆。他不知道劉大爺向來吃軟不吃硬，想用威嚇的手段，只怕劉大爺告到上司那兒，他不但占不了便宜，下場還很悽慘哩！」

另一個說：「別管他下場如何，我們先把這張拘票拿去給劉大爺瞧瞧，再作打算。」

大家都同意，於是就帶著拘票，一起來到劉府。

劉東雄聽說縣衙的差役求見，就叫家丁帶他們進來。差役們隨家丁東彎西拐，不知經過多少園亭，才見劉東雄坐在亭子裡，連忙上前叩見請安。

劉東雄說：「請起，各位有什麼事嗎？」

「請大爺恕罪，小的才敢直說。」

「我不會見怪，儘管說。」

「新任的縣令海瑞不識時務，才剛上任，就開出一張拘票，叫小的來捉拿大爺。小的沒理會他，先把拘票擱置在一旁，以為就沒事了。哪知道他今天突然問起這件事，把小的大罵一頓，限五天之內一定要將

您捉拿到案，否則便要重罰。小的迫不得已，只好來求大爺作主。」

劉東雄問：「拘票在哪裡？快拿來給我看。」

帶頭的差役從懷裡拿出拘票，呈給劉東雄。劉東雄看了只是笑笑，吩咐家丁拿來十兩銀子，賞給差役們。差役們連忙叩謝離去。

五天期限到了，海瑞見差役還沒拘捕劉東雄到案，大為震怒，便升堂傳喚他們過來審問。

帶頭的差役叩頭解釋：「劉東雄的莊院內護衛眾多，個個如狼似虎，我們怕枉送性命，才不敢動手捉拿他。況且他還是嚴太師的乾兒子，他警告大人別在太歲頭上動土，否則連官位都保不住。」

海瑞罰他們每人重打三十大板，又給了五天的期限，拘提劉東雄到案。

退堂之後，海瑞心想：「劉東雄財大勢大，從地方到中央，不知有多少官員收過他的賄賂，所以儘管他罪惡滔天，卻處處有人包庇他。山東省的提督＊錢國柱是個不畏權貴的清官，如果我能掌握劉東雄具體的罪證，交給錢提督，提督一定會依法究辦，還百姓一

＊提督：明、清時期掌各省軍政的最高級武官。

個公道。不入虎穴，焉得虎子？看來我只好冒險進入他的莊院，去蒐集罪證。」

過幾天就是中元節。海瑞打聽到劉東雄因為害過不少人命，所以每逢中元普渡都會在莊院內張燈結彩，請很多和尚去誦經，超渡亡魂。還會請來弄雜耍的、唱戲的，並且開放莊院，讓百姓進去看熱鬧。

海瑞在中元節這天，改換裝束，扮作算命先生，隨著看熱鬧的民眾進入劉東雄的莊院。只見人聲鼎沸，熱鬧滾滾。

海瑞看見廳堂中央擺著一張太師椅，心想：「這一定是劉東雄的座位。」便故意走過去，坐了下來。果然立刻有一名家丁過來叱喝：「你這個人真不識相！東廊下有茶又有板凳，怎麼偏偏選大爺的位子坐！看你這身打扮，莫非是個算命的？」

海瑞連忙站起來回答：「沒錯！我算出這張太師椅聚積著權貴之氣，特地過來試坐，想算看看是什麼大人物坐的。」

「那好！請你先幫我算算，看我未來的機運好不好。」

海瑞問過對方的生辰八字，故意裝模作樣的推算片刻，才說：「請大叔別怪我直言。你命中註定少不了

吃的穿的，卻只能給人當差。再過兩年，地位會略微升高。壽命會過八十，一子一女都有出息。」

「好準！先生真是鐵口神算！」對方謝過了海瑞，到處去宣揚，不久便有許多人來排隊算命。

天黑的時候，劉東雄經過這兒，看見一堆人在排隊，就指著海瑞問家丁：「他是什麼人？你們在這裡做什麼？」

「啟稟大爺，他是個來看熱鬧的算命先生，相術非常神準，所以小的才來排隊，等著給他算命。」

海瑞聽見家丁叫來人大爺，知道他是劉東雄，便趕快上前作揖說：「小的不知大爺來到，得罪！得罪！」

「既然你相術這麼厲害，也給我算算吧！」

「感謝大爺提攜！只是時間太晚了，我還是趕快回城裡，明天一早再來吧！」

「這時候城門早就關了，我幫你安排過夜的地方，你就安心的留下來幫我算命吧。」

海瑞一聽，正中下懷，道了謝，就隨家丁來到紅渠閣用餐，過不久，劉東雄就帶著

醉意來到。海瑞問過他的生辰八字，推算一下，說：

「大爺屬於雙蝴蝶的命格，註定大富大貴，而且會得到貴人提拔，到四十一歲，一定做大官。一生會得到三個兒子，壽命到九十歲……」

劉東雄一邊聽，一邊點頭說：「先生算得真準！我今年四十，正月時，京城一位大官來信告知，說我明年就可以得到官位。我還想請先生幫我的妻妾和兒女算命。」

「好，請大爺將他們的八字寫下來，我今夜推算好，明天一早就可以派人來拿了。」

劉東雄把家眷的生辰八字都寫了下來，便繼續去飲酒作樂了。

海公大紅袍全傳

第十八章 海瑞死裡逃生

劉東雄離去後，海瑞看看時間還早，就點起燈來，先將劉東雄交給他的八字排好之後，在書房裡盤算著：「我來這裡的目的，是為了搜查劉東雄的犯罪證據，好將他繩之以法。現在有了空閒，該從何處著手呢？」

海瑞環顧四周，發現另一張書桌上堆著一疊書信，便坐下來，隨手抽出一封來觀看，恰巧就是嚴嵩前幾天從京城寄來的，信中主要內容是說已經收到劉東雄買官的財寶，並幫他買通巡撫＊，開脫了幾樁殺人罪。最後還交代劉東雄要找機會除掉新到任的知縣海瑞。

海瑞大喜，心想已經找到劉東雄的罪證。他將那疊書信拿到書桌，快速瀏覽過，又找到一封可以當罪證的信，便喜孜孜的把兩封信藏在懷裡。這時天都快亮了，他因為疲勞過度，不知不覺的趴在桌上睡著了。

天亮了，家丁送水進來，看見桌上的書信被翻動

＊巡撫：總攬一省吏治、刑獄等事務的官職。

過，不禁起了疑心，把書信整理清點一番，發現少了兩封，趕緊把海瑞搖醒，問：「先生，你為何翻閱這些書信？」

「我一直忙著推算八字，到天快亮才睡，哪有空翻閱什麼書信？」

「你休想要賴！」家丁說著，拉起海瑞，一直將他扯到劉東雄面前來。

劉東雄正在書房打坐，忽然看見家丁扯著算命先生過來，忙問：「發生了什麼事？」

「啟稟大爺，他是個壞人！昨晚大爺好意讓他在書房過夜，想不到他竟然亂翻大爺的書信，還偷走了兩封。」

劉東雄就命人將海瑞搜身，果然從他懷裡搜出兩封信。劉東雄看了，勃然大怒說：「幸好發現得早，不然我的一條性命，就葬送在你手裡了！」隨即將信燒毀，然後下令：「押到後花園去，本大爺要親自審問！」

海瑞被押到後花園，看見亭子內擺著公案刑具，布置得就像公堂一樣，不禁後悔自己過於大意，反而

落入劉東雄的手裡。

劉東雄怒氣騰騰，坐在公案上喝令：「來人，將嫌犯帶上來！」

家丁將海瑞押上亭子，叱喝：「跪下！」

海瑞怒不可遏，大罵：「本縣怎能在你這惡霸面前下跪！」

劉東雄聽到海瑞自稱「本縣」，猛然醒悟，輕蔑的笑著問：「你就是歷城知縣海瑞嗎？哈哈！真是得來全不費功夫呀！」

「正是。你敢對本縣無禮！」

「哼！你以為知縣有多大呀！想欺騙玩弄我，現在被我逮到了，還有什麼話好說！」

「我是堂堂縣令，你敢把我怎麼樣？」

「別說你只是個小小縣令，就算是巡按＊大人，得罪了我，還不是照樣死在我的水牢裡。」劉東雄接著喝令：「來人！把他拖到水牢裡，叫他嘗嘗我的手段！」

家丁們拖著海瑞，翻過一堵牆，牆後面是一道小門。家丁打開小門，將海瑞推進去，鎖上。

＊巡按：負責監督地方官員的官職。

水牢裡面伸手不見五指，只聽得到木地板下方潺潺的流水聲。海瑞心想：「我被關在這個地方，沒得吃喝，是再難活命的了。我海瑞一心想為國盡忠、為民除害，哪知卻要喪命在這兒，還沒人知曉！夫人見我失蹤了，心裡不知有多麼著急啊！劉東雄一定會斬草除根，我的家眷性命危急，該怎麼辦呢！」他越想越悲痛，不禁落下淚來。

海瑞又累又餓，懷著滿腹愁苦沉沉睡去。朦朧之間，一個穿戴高官裝束的人來到他面前，說：「你不必憂愁，自然會有生機。我們幾個朝廷命官冤死在這兒，還指望你報仇雪恨呢！」

海瑞問：「您是什麼人？請把受害的經過告訴我，我若能脫險，一定幫您申冤雪恨。」

「我是正德皇帝欽點的山東省巡按簡佩蘭，十一年前剛上任時，探聽到劉東雄勾結朝廷大官，危害不小，便喬裝成百姓混入此地，要搜查他的罪證，不幸被他識破，害死在這水牢底下。本省的提督正好巡行到此地的提督署，你明天出去，可以報知提督，請他領兵將這座莊院圍住，先抓住劉東雄，再來這水牢底下搜索，我的巡按印信還留在懷中，可作為憑證。下面還有濟南府太守李珠斗、歷城知縣劉東昇和三名百

姓被關死在這兒，屍首都被棄置在這木板底下的水溝中，沒人知曉。」說完，人就消失了。

海瑞只覺得一陣陰寒拂過，立刻驚醒。接著就聽到雷雨交加，突然一記響雷打下來，把水牢打出了一個大洞。

海瑞趕緊逃出水牢，冒著大雨，在雷電閃光當中翻牆逃出莊院，一直朝提督署的方向前進。不知走了多久，隱約聽到遠處有敲鼓報時的聲音，接著便看見前方有燈光。走近一看，果然是提督署，便闖了進去。

守衛看見海瑞貿然闖入，趕緊將他捉住，問：「你是什麼人？」

「我是知縣海瑞。」

「既然是知縣，為何如此狼狽？」

海瑞將自己逃命的經過告知守衛，守衛連忙進去稟告提督。

提督錢國柱生性耿直，不畏權勢，他聽過海瑞稟明後，大為震怒的說：「本府絕不容許如此忤逆王法、

囂張霸道的惡勢力存在！」立即命令一名軍官率領三百兵力，聽海瑞的號令去逮捕劉東雄。

來到劉東雄的莊院，海瑞下令：「一半兵力將莊院團團圍住，一半兵力隨本縣衙進莊院抓人。」

那些家丁從睡夢中驚醒，還不知發生了什麼事，就一個個被捉住了。劉東雄在驚慌之中出來察看，被海瑞逮了個正著。

海瑞命人進入水牢下方搜索，果然找到六副白骨，和一顆「山東巡按關防」銅印。隨即將劉東雄和一票家丁押回縣衙審問。

劉東雄仗著嚴嵩的人脈勢力，起先死不認罪，後來看到海瑞將他的罪證拿出來，連那些奉命殺人的家丁也都伏首認罪了，不得已只好招認了。

劉東雄被斬首的消息一傳出，在地方上為惡的人都聞風喪膽，生怕被海瑞盯上，因此不敢再做壞事。

海瑞一上任就大力整頓，沒多久，歷城縣的政治就一片清明，老百姓都很慶幸得到一位公正廉明的父母官。

第十九章 嚴嵩推薦海瑞赴南交和番

嚴嵩聽到劉東雄被海瑞斬首的消息，對海瑞更是恨之入骨，隨時都想找機會報復。

有一天，嚴嵩在辦公時，突然接到廣東兵馬指揮使的奏章，說南交國國王夜郎自大，企圖侵略中原土地，命令番將瑚元領了五萬名番兵，殺到南寧城下來了。因為當地守軍兵馬稀少，請朝廷儘速發兵救援。

嚴嵩看著邊關告急的奏章，非但不緊張，反而沾沾自喜，在內心盤算：「嘿嘿！海瑞這下難逃我的毒計了！他的家鄉瓊州鄰近南交國，正好可以派去送死。」於是便向嘉靖皇帝建議：「南交國只是一個貧瘠的偏遠小國，勞師動眾將它滅了，明朝江山只是增加一小塊無用的疆土。海瑞的家鄉瓊州鄰近南交國，熟悉南交國的情勢，可以派他前去安撫，賜南交國玉璽一顆，使他們歸順，以免兩國交戰，徒增傷亡。」

嘉靖皇帝很認同嚴嵩的建議，立刻降下聖旨，封

海瑞為天子使者，前去安撫<u>南交國</u>。

　　<u>海瑞</u>點收了要敕封<u>南交國</u>國王的玉璽和寶物，安頓好家眷之後，便帶領<u>海安</u>和一隊護衛，在百姓的簇擁中離開<u>歷城縣</u>，披星戴月的趕路，經過一個多月的舟車勞頓，終於抵達<u>南寧城</u>。

　　<u>海瑞</u>進入太守為他安排的行館，將聖旨、玉璽和寶物等放好，立即到衙門詢問軍情。太守稟告：「<u>南關</u>的守軍已經和番兵對峙一個多月，如今柴米都快用完了，全郡百姓都很惶恐，請大人指示因應之策。」

　　<u>海瑞</u>說：「番兵多半是未經訓練，逞一時之勇來進攻的烏合之眾。我軍應全力固守，不與他們交戰，並且設法斷絕他們的糧食來源。等他們的糧食吃完了，自然會撤退，到時候我軍再全力出擊，必能以寡擊眾。等他們戰敗以後，我再帶著聖旨和玉璽去安撫，<u>南交</u><u>國</u>國王一定會心悅誠服的歸順。」

　　指揮使聽說天子使者已經到達，立即趕來求見，<u>海瑞</u>便把自己的拖延戰術告訴他，並且下令催促鄰近各郡，每郡繳交柴米十萬擔，以解除百姓缺糧的恐慌。

　　指揮使說：「大人很懂得用兵之道。但皇上下令要立即安撫南交國，解除番兵對邊境的威脅，大人卻故意拖延，豈不是違背了聖旨？」

海瑞說：「將在外，君命有所不受。我方若不創造有利的契機，在番兵氣焰高張之時，貿然拿著聖旨和玉璽進入敵方，敵人必定不肯接受安撫。只有等敵軍撤退時，趁機打敗他們，恩威並濟，才能讓他們誠心歸順。」

海瑞的謀略讓指揮使非常佩服，於是便按照海瑞的指示去調度軍隊。

番將瑚元率大軍殺到南關之後，本以為南關的守軍會出關來決戰，誰知等了一個多月，都不見對方有任何動靜。他覺得奇怪，派人去打探，才知道明朝的軍隊都駐紮在關內，防範十分嚴密，而且關門用巨石頂著，並不打算開關出戰。

瑚元召集眾部將來商議，很憂心的說：「明軍仗著城牆堅固，故意採取拖延戰術，目的在消耗我們的糧草和士氣。我軍長途跋涉來進攻，最好是速戰速決。再這樣拖延下去，必定糧草不繼、軍心渙散。該如

海公大紅袍全傳

何是好？」

部將們建議：「我們自從領兵來到此地，從未與敵人交過手。元帥何不用激將法，下戰書去侮辱敵方。只要敵方一出戰，我軍便全力衝殺進去，一舉奪下南關。」

瑜元覺得這個計策可行，便叫幕僚寫了一封羞辱敵人的戰書，送到敵營去。

明軍的指揮使看過戰書，非常生氣，立刻拿著戰書來見海瑞。

海瑞看過戰書，問指揮使：「大人知道番兵下戰書的用意嗎？」

「番將見我們不出戰，故意要激怒我們出關應戰。」

「對！我們不妨將計就計，寫一封回書，由我扮成一名小兵，進入敵營去打探虛實，觀察敵軍的出入路徑和運補路線，作為我軍進攻的準備。」

指揮使滿面憂慮的說：「番將野蠻自大，大人冒險進入敵營，萬一遭遇不測，該如何是好？」

「生死由命，我只求能為國盡力，沒什麼好擔憂的。」

指揮使只好寫一封回書，交給海瑞。海瑞立刻換

上小兵的軍服，帶著回書，由城牆垂吊下來，獨自朝敵營走去，還沒進入敵營就被埋伏的番兵捉住了。

海瑞裝出驚恐的模樣，顫抖著說：「我是明朝元帥帳下的小卒，奉元帥的命令，特地來下書給貴元帥，麻煩你通報一聲。」

那名番兵把海瑞打量一下，暗自覺得好笑：「這樣軟弱的士兵，哪抵擋得了我們？難怪不敢出關應戰。」於是就帶領海瑞來到營門。

番兵看看天色尚早，就對海瑞說：「元帥要晚一點才會起床。我們先在這兒等吧！」

海瑞趕緊塞一錠銀子給番兵，說：「我常聽說關外的風光很壯麗，現在好不容易有機會來到關外，能不能麻煩老爺帶我四處去看看？」

番兵一看有銀子好拿，一口就答應說：「好吧！不過你既然是當兵的，怎麼會連關外都沒有來過呢？」

「我是剛調來防守邊關的，所以才要請老爺帶我去見識見識。」

「帶你去逛一逛沒什麼問題，不過你穿著明朝的軍裝，一定會招惹麻煩。快脫下來，我借你一套南交國的軍裝，就不會惹人注意了。」

海瑞換上了番卒的服裝，就隨著那名番兵到各處

的營寨去參觀。海瑞裝得一副呆愣愣的樣子，不時發出驚嘆，還拐彎抹角的問了許多問題。番兵對於海瑞打探軍事機密的行徑毫無警覺，為了誇耀自己見識廣博，有問必答。繞過一圈，海瑞已經把番營的部署牢牢記住。

番兵問：「我們的兵力讓你害怕了吧？」

「嗯！難怪我們元帥不敢和你們交戰。我們軍力雖然不如你們，糧草可是比你們充裕多了。幸好你們沒有囤積糧草，不然我們的防守再堅固，撐得再久，總有一天會被你們攻破的。」

「我們的糧草才多呢！」番兵說著，又帶海瑞來到營寨後方，只見一個小山丘上堆滿載運糧草的皮車，「你瞧，那不是糧草嗎？」

海瑞傻呼呼的問：「就這麼點糧草，我看你們一定天天餓著肚子，哪有力氣打仗？」

「你真呆呀！難道你們軍中會囤積好幾年的糧草嗎？當然是陸續運來的。」

海瑞說：「我們的糧草都是從鄰省運來的，非常快速。哪像你們，路途那麼遙遠，不是很費力嗎？」

「我們南交國雖然遙遠，糧草卻是從貴州那邊偷運過來的，在東京河口上岸，兩天就運到了。」

「這樣就便利多了。」

海瑞看看情報蒐集得差不多了，他就和番兵一起回到大營，剛好瑚元已經升帳辦事。海瑞趕緊換上原來的軍服，隨著番兵來到帳外，通報過後，海瑞進入帳中，對瑚元叩了三個頭，說：「小的奉明朝元帥的命令，送來回書。」說完，從袖子中把信拿出來，呈給瑚元。

瑚元看了信，勃然大怒，將信扯得粉碎，指著海瑞罵：「你們戰又不敢戰，打算拖延到幾時？回去告訴你們元帥，就說明天我就要領大軍去攻關，他若是好漢，就趕快出關迎戰，要不然就獻關投降。否則一旦被我攻破，誰也休想活命！」

海瑞唯唯諾諾，裝得一副驚慌失措的樣子，抱頭鼠竄離去。

第二十章 海瑞成功安撫南交

　　海瑞回到行館，指揮使急忙來問：「大人打探到什麼軍情？」

　　「瑚元有勇無謀，過於輕敵，並非可怕的對手。」海瑞將瑚元威脅的話轉告指揮使，指揮使大驚失色，說：「援軍還沒到，番兵突然大舉進攻，如何抵擋得住？」

　　海瑞氣定神閒的說：「你可先命令將士無聲無息的埋伏在城牆上，等番兵攻來，先不要理睬，等他們鬆懈下來，再居高臨下，用大炮轟他們。番兵大半是未經訓練的烏合之眾，肯定會亂了陣腳而敗走，然後我們再想辦法去截斷他們的糧草。他們一缺糧，必定會匆忙逃走，這時我們全力追擊，一定會成功。」

　　指揮使馬上下令，叫士兵準備好火炮、滾木、裝滿石灰的灰瓶等武器，埋伏在城垛上，只要聽到炮響，就一起向敵人襲擊。

　　第二天黎明時分，海瑞躲在城樓上觀望，遠遠聽

見人叫馬嘶，立刻傳令城牆上的伏兵，不許露出身影，也不准發出半點聲響。

過不久，番兵像潮水一般的湧來。他們來到關下，發現關內靜悄悄的，城牆上一個人影也沒有，覺得很納悶，趕緊報告大將烏爾坤。

烏爾坤親自騎馬來關下查看，果然一片寂靜。他心想：「明軍如果不是故布疑陣，就是嚇得逃之夭夭了。」於是便下令全軍奮力攻城。一時之間鼓聲大作，眾番兵齊聲吶喊，埋頭向前衝去，卻不見明軍出關應敵。那城牆又高，城門又堅固得很，攻了半天，始終攻不破。

瑚元領著大軍來到，眼看久攻不下，就下令士兵脫下軍裝，赤身露體在城下叫罵，企圖用激將法，迫使明軍出關應戰。然而南關依舊像座空城，連一絲動靜也沒有。

接近中午，海瑞眼看番兵已經鬆懈下來，便傳令將火炮點燃。只聽到一聲炮響，躲在城牆上的士兵齊聲吶喊，一同把火炮、滾木和灰瓶往城下的番兵打去。

番兵們罵得正起勁，突然遭受猛烈攻擊，以為明軍開關殺出來了，嚇得四散奔逃，自相踐踏而死的士兵，竟然比被火炮、滾木打死的還多。

海瑞看見番兵逃遠了，就下令打開關門，和指揮使移駐關外，一方面遣調兵馬，一方面占據有利的地形，使番兵沒機會再兵臨城下。

瑚元吃了敗仗之後，急忙撤退了十多里才下寨紮營。查點人數之後，發現折損五千兵力，並不太在意。直到忽然有下屬來稟報，說只剩五天的糧草，他才惶恐起來，立刻下令去催討糧草。

海瑞在關外屯駐了幾天，各地的援兵陸續到齊。海瑞便把新增的兵力也調到關外駐守。他估計番兵的糧草大概就快運到了，便派遣大將龐靖帶兵去劫糧，吩咐說：「東京口是番兵運糧上岸的地點，你帶領一千兵力先去那裡埋伏，等番兵把糧草都運上岸以後，再發動突襲，燒毀他們的糧草。」

龐靖領了命令，立刻點齊士兵，帶著硫磺、焰硝等引火的東西，連夜趕往東京口埋伏。

過了三天，番營中的將官都因為缺糧，來向瑚元告急。瑚元自信滿滿的說：「我早就派人去催討糧草，應該這一兩天會到。你們別驚慌，萬一讓敵人察覺了，一定會乘虛來襲。」

瑚元才講完，手下就來稟報：「糧草運到東京口，才一上岸，就被埋伏的明軍給燒了個精光。」

瑚元一聽，仰天長嘆：「天亡我也！沒有糧草，軍隊如何作戰？」只好傳令下去，叫全軍即刻拔營，連夜撤退。

海瑞得知龐靖已經燒了番兵的糧草，就對指揮使說：「番兵今夜一定會撤退。我趁著他們危急的關頭，捧著玉璽去勸降，他們一定會欣然接受。」

指揮使說：「依目前情勢判斷，我軍穩占上風，大人何不趁機消滅番兵？」

海瑞解釋：「我認為安撫才能讓他們心悅誠服的歸順。藉由武力征服，只會使雙方結怨更深，如此一來，邊境將永遠不得安寧。」

「大人用意深遠，我深深佩服。請問大人要帶多少人馬前去勸降？」

「我帶來的那些隨從就行了。」

於是海瑞立刻帶著海安和幾名護送御賜寶物的隨從，連夜趕往番營。他們來到番營一里之外，海瑞便吩咐人馬暫時停駐，再叫海安隻身去通知

瑚元前來接旨。

海安快馬飛奔到番營門口，被攔下來。他向番兵說明來意之後，就被帶進元帥的營帳，叩見瑚元。

瑚元問：「你來做什麼？」

「我是明朝使者海老爺的僕人海安，奉我家老爺的命令，來請元帥出營迎接恩旨。」

「你家老爺帶來什麼恩旨，為什麼要我去接呢？」

「我家老爺奉皇帝聖旨，前來招降，還帶來天子所賜的聖旨、玉璽和恩物，請元帥去接旨。」

瑚元暗自盤算：「我國先王也曾受過明朝皇帝恩典，如今我既已注定失敗，何不趁機接下明朝皇帝的恩賜，既保住面子，回去對大王也有個交代。」打定主意，就對海安說：「你先回去，本元帥隨後就去恭迎聖旨。」

海安離去後，瑚元命士兵擺開陣仗，點亮火把，到一里外迎接聖旨，正式向明朝投降稱臣。

海瑞平定了南交國之亂，跟指揮使交代好善後事宜，便啟程離開邊境，循著舊路跋涉七千餘里，經過兩個多月才回到京城覆命。

嘉靖皇帝看見海瑞圓滿達成任務，龍心大悅，問他安撫番兵的經過。海瑞便把如何閉關拖延，如何定

計燒毀番兵糧草，如何施恩招降的經過，一一奏明。嘉靖皇帝聽了大加讚賞，當殿賞賜酒食慰勞之後，立即下旨高升海瑞為都察御史，主管彈劾、糾察官員的不法情事。

海瑞謝過皇恩，當天就上任視察。

第二十一章 嚴嵩陰謀刺殺海瑞

嚴嵩推薦海瑞去安撫南交國，原本是想借刀殺人，害死海瑞，他作夢都想不到海瑞竟然有本事立下大功，而且升任都察御史，對他造成更大的威脅。

嚴嵩又氣又慌，因為京城的大小官員若是貪贓枉法，都由都察御史彈劾。尤其海瑞是他的死對頭，更令他感覺芒刺在背，寢食難安。

這一天，嚴嵩又召集趙文華、桂岳等一幫奸臣到丞相府密商，叫大家想辦法除掉海瑞。

嚴嵩說：「海瑞遲早會對我們展開調查，他留在京城，就像劊子手盯著我們的頸子，死劫隨時都可能降臨我們頭上。該怎麼辦才好？」

趙文華獻計說：「安南國已經三年都沒來進貢了，何不奏請皇上，讓海瑞去安南國催貢？」

嚴嵩說：「這樣雖可暫時將海瑞調離京城，可是萬一他又完成使命回來，我這丞相的寶座可能就要換他坐了。我們應該想個好辦法，除去這個禍根，才能高

枕無憂。」

桂岳說：「我有一個家丁冼充，身強力壯，藝高膽大。我可以叫他在半路上伺機殺掉海瑞。」

「好！」嚴嵩交給桂岳一錠金子，叮嚀說：「這是前金，等取走海瑞性命之後，老夫還有重賞！」

刺殺海瑞的計畫定案後，嚴嵩立刻著手寫了一道奏章，說安南國久不納貢，必會生變。建議派遣海瑞前往安南國催貢。

嘉靖皇帝看過奏章，對嚴嵩說：「海御史安撫南交國剛回京，席不暇暖，再派遣他去催貢，太過奔波勞累了吧？」

嚴嵩狡辯：「海瑞安撫南交國之後，在番人地區頗有名望。安南國緊鄰南交國，讓海瑞出面，一定能說服安南國國王。」

嘉靖皇帝於是下旨，再次加封海瑞為兵部侍郎，擔任天子使者，前往安南國催貢。

海瑞正在著手調查嚴嵩那一票奸臣的不法，突然接到聖旨，只好無奈的擱下手中的案件，再度帶著海安朝廣東的方向出發。

桂岳等海瑞一啟程，立刻把冼充叫來，賞給他一錠金子，叫他去刺殺海瑞。冼充得到主人的命令，帶

著匕首，馬上動身去追趕海瑞。

　　海瑞出了京城，來到蘆溝橋，在橋邊的客棧投宿。海瑞看見橋頭有一座古老的關帝廟，便告訴海安：「我一出京就覺得心神不寧，最好去關帝廟祈求平安。」

　　海瑞恭恭敬敬的走進廟中，燒香祝禱，拜了幾拜，拿起籤筒抽了一支，向廟祝要了籤簿來看，竟是一支下下籤，寫著：「波浪無端起，扁舟起復沉。野林防暴客，夜渡禍還深。」

　　海安見海瑞面色凝重的在沉思，忍不住問：「老爺知道這首籤詩的意思嗎？」

　　海瑞回答：「詩中暗示我被奸人設計，這一趟任務至少會遭遇兩個劫難。我們一路上要更加小心謹慎才行！」

　　第二天黃昏，海瑞主僕來到野林客棧投宿。用過晚飯，海瑞想起籤詩上那一句「野林防暴客」，趕緊將聖旨藏妥，吩咐海安：「今夜要小心提防盜匪。」

　　冼充遠遠的跟蹤著海瑞，看見海瑞住進了

野林客棧，心中大喜，暗想：「這一帶是荒郊野外，正是下手行刺的好地點。」於是也進入野林客棧，選擇海瑞隔壁的房間住下，準備等到夜深人靜時再下手。

到了半夜，冼充聽到整個客棧都寂靜無聲，便換上緊身衣，穿上快靴，懷著匕首，躡手躡腳的來到海瑞的房門外。他聽見房間裡面靜悄悄的，就從門縫偷窺，只見孤燈一盞，蚊帳裡似乎有人躺著。

冼充放膽想推開房門，不料門關得很牢，只好將匕首插入門縫撬了幾下，才將門閂撬開。

海安守在門邊，聽到撬門閂的聲響，內心早有準備，等冼充一推開門進來，突然伸出雙臂將他牢牢箝制住，大喊：「捉住了！捉住了！」

海瑞立刻從蚊帳內跳出來，拿出預先準備好的繩子，要來綑綁冼充。冼充掙扎著揮動匕首，卻被海安一把打落在地。

冼充知道自己不是海安的對手，哀求說：「我願意束手就擒，請不要綁了。」

海瑞先把房門閂牢，又拿一張椅子靠在門上，坐下了，才叫海安把冼充放開。

「放不得的！他帶著匕首，分明想行刺老爺。要不是小的眼明手快，早被他刺了。」

海瑞撿起地上的匕首，仔細搜過冼充的身，沒發現別的武器，就叫海安放開他。冼充立刻跪下來求饒。

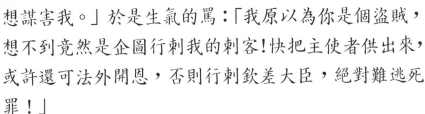

海瑞心想：「我海瑞公正清廉，除了嚴嵩、桂岳那些貪官奸臣，絕不會有人想謀害我。」於是生氣的罵：「我原以為你是個盜賊，想不到竟然是企圖行刺我的刺客！快把主使者供出來，或許還可法外開恩，否則行刺欽差大臣，絕對難逃死罪！」

冼充想到自己罪證確鑿，再強辯也是白費功夫，便說：「小的名叫冼充，是桂岳大人的家奴，奉了主人和嚴太師的命令前來行刺大人。小的受主人的威逼，才會做出大逆不道的事，求大人開恩！」說完不停的叩頭。

海瑞聽冼充說得懇切，毫無掩飾，於是就問他：「你的話，可是真的？」

「小的哪敢亂說，求大人開恩！」

「你身為家奴，自然要聽從主人的命令。先起來

再說話吧！」

冼充磕頭謝恩，站了起來。

海瑞將房門打開，對冼充說：「你可以走了！不過你行刺不成，你的主人怕走漏風聲，一定不會饒恕你。你最好還是遠走高飛吧！」

冼充見海瑞那麼仁慈敦厚，佩服得五體投地。他心裡明白，回去只有死路一條，於是又跪下來哀求：「小的蒙大人不殺之恩，無以為報，情願投在大人門下，做牛做馬，以報答大人的恩德。求大人收留！」

海瑞說：「我奉旨去安南國催貢，要長途跋涉，怎好帶著你？你先在這店裡住著，等我回來吧！」

冼充聽海瑞說要去安南國，不由得手舞足蹈的嚷：「大人要去安南國，小的對路徑最熟悉不過了，正好為大人效命報恩。」

「你怎麼會熟悉去安南國的路徑呢？」

「小的幼年跟隨父親到安南國經商，父親不幸病死在當地。小的沒人照顧，貧病交加，倒臥在大街上沒人理會。正好安南國國王經過，看小的可憐，叫人把小的帶回去醫治。後來安南國國王又施恩，收編小的當禁衛軍，在宮中服役六年。後來小的想遵照父親的遺願，將他的遺體運回故鄉安葬，就請求安南國國

王讓我回鄉葬父。安南國國王說小的有孝心，還賞了一百兩銀子當旅費。小的回鄉葬父後，又生了一場病，把銀子都花用完了，才會到桂岳府裡當家奴混飯吃。所以要到安南國去，小的最熟悉路徑了。」

海瑞見冼充說得歷歷如繪，微笑說：「你本來是個孝子，因為誤投在奸臣府中，才會做出這種違背天理的事。幸好遇見的是我，換做別人的話，你恐怕早就沒命了。你若是真的肯改邪歸正，就跟隨我去。你再想想吧！」

冼充叩頭說：「小的蒙大人不殺之恩，怎敢再懷著異心呢？」於是就對天地發誓。

海瑞這才放心的收留冼充，讓他擔任嚮導，繼續朝安南國前進。

第二十二章 海瑞催貢立大功

海瑞帶著海安和冼充兩人，馬不停蹄的趕路，經過兩個月的奔波，再度來到南寧。

指揮使極度訝異，問：「海大人才剛回京，為何又駕臨邊關？」

海瑞說：「因為安南國三年沒朝貢，我奉旨去催貢，所以途經貴郡。」

「恭喜大人受皇上倚重！但如此奔走，未免過於勞頓吧？」

「食君之祿，擔君之憂，這是我該盡的本分。」

指揮使非常感佩海瑞鞠躬盡瘁的精神，執意留他們下來過夜，第二天又親自護送他們出關，來到安南國邊界才道別。

三人來到安南國城外，冼充說：「請大人在這兒休息，讓小的先去稟報安南國國王，說明朝的使者駕臨，請他親自來迎接，才不失朝廷的威儀。」

「嗯，路上小心，早去早回。」

冼充一進城，就遇見許多熟人，大家都很驚訝，紛紛來跟他問好。冼充應接不暇，寒暄幾句便匆匆向皇宮走去。剛好這天朝中事多，安南國國王還沒退朝，侍衛們也都認識冼充，所以沒有加以阻攔。

　　冼充熟門熟路的來到大殿，看見安南國國王坐在寶座上，趕緊上前參拜：「奴才冼充叩見大王。」

　　安南國國王見到冼充，喜形於色，賜他平身，問：「你回中原這麼多年了，今天是特地回來看本王的嗎？」

　　「奴才回到家鄉，安葬父親之後，本想馬上回來侍奉大王，不料卻在途中生了一場大病，花光了旅費。幸虧遇到兵部侍郎海大人收留。這次海大人奉聖旨前來催貢，奴才感念大王的厚恩，所以自願擔任嚮導，順便來給大王請安。」

　　「你說的海大人在哪裡？」

　　「在城外的十里坡，請大王前去迎接聖旨。」

　　安南國國王不以為然的說：「我只聽說明朝有個嚴太師，很得皇帝寵信，怎麼不叫他來，卻叫這個無名之輩來催貢？」

　　「這海大人生性耿直，公正廉潔，不畏權貴，比

嚴嵩還受皇帝倚重呢！」冼充便把海瑞擔任知縣時，公然指責欽差大人收贓款，以及杖打太師、安撫南交國的事一一稟明。

安南國國王聽說海瑞的所作所為，心裡不由得敬重起來，但嘴裡卻不甘示弱的說：「你替本王去請他進宮來就好。」

安南國國王等冼充一離開，就叫百名禁衛軍全都帶著佩劍，怒氣騰騰的站立在王座兩旁。又命人在大殿中擺一只大鼎，裡面倒滿了油，下面燒著紅紅的碳火，把油燒得滾燙。

冼充飛奔趕回城外，將安南國國王的話稟告海瑞。

海瑞生氣的說：「安南國國王太狂妄自大了，竟敢藐視聖旨，不來迎接！」

冼充連忙解釋：「老爺暫且息怒。安南國國王向來喜歡硬脾氣、直性子的人，老爺只管保持威嚴，不要被他嚇著了，到時他就會被你說服了。」

「原來安南國國王的脾氣個性是這樣的。」海瑞在內心盤算好，馬上帶著海安和冼充入城。

海瑞來到王宮，昂首闊步走進大殿，看見眼前威

嚇的場面，絲毫也沒受到驚嚇。他從容的走到安南國國王座前，行了個禮，並不跪拜。

安南國國王斥責海瑞：「你是誰？見到本王竟敢不拜！」

海瑞笑著回答：「大王難道沒聽過『大國之臣不拜小國之主』的禮節嗎？」

「我國已經多年沒和明朝交往，明朝皇帝派你來催貢，當真以為我們怕你們不成！你何不看看，明朝有這樣剽悍的武士嗎？」

「大王如果只知好武，不知修文，國家的未來是沒有希望的。」

安南國國王板起面孔，氣憤的說：「我國文修武備，豈容得你胡言亂語！」

「大王手下缺乏人才，『文修武備』不是用來哄人的嗎？」

安南國國王勃然大怒：「本王只要舉一、兩個例子就夠了。文的方面像丞相何坤、侍中江元，都有濟世之才；武的方面則有甕都督、齊總兵，都有萬人不敵之勇。怎麼說缺乏人才呢？」

海瑞聲色俱厲的說：「大王的文臣武將，只能在這裡嚇嚇人而已。我海瑞一個人來到貴國，大王卻出動

百名武士要來威嚇我，還準備油鼎要恐嚇我。難道這就是大王的『文修武備』嗎？」

安南國國王被海瑞的膽識打動了，收斂起怒容，只是嘴巴不肯退讓，警告海瑞：「你若是下跪求饒，本王可免你一死。」

海瑞神色自若的回答：「海瑞雖失去一條性命，卻可換得寧死不屈的美名；大王可用暴力奪走我的性命，卻奪不走我的氣節。」

安南國國王聽了，不禁對海瑞的膽量氣魄敬佩起來，說：「本王絕非氣量狹小，剛才只不過想試試先生的膽氣。」說完便下殿請海瑞上坐，請教他文治武功的方略。

海瑞侃侃而談，立論精闢，讓安南國國王敬佩不已，主動和他商量起納貢的事宜。

「先生博學多聞，膽識超群，令本王見識大開，再也不敢小看明朝。請先生在行館暫住數日，本王會命人趕快準備好貢物，並且派遣使者隨先生回朝，向嘉靖皇帝請罪。」安南國國王說完，

就叫人設宴，準備親自款待海瑞。

海瑞聽到安南國國王這樣承諾，連忙拜謝。

安南國國王很賞識冼充，有意讓他再留下來擔任貼身護衛。海瑞也擔心冼充回京後，會遭嚴嵩殺人滅口，便同意讓冼充留在安南國國王的身邊。

海瑞心想自己已經完成皇上交付的使命，怕皇上懸念，便趁著安南國國王在張羅貢物的時間，先寫了一紙奏章，派人送回京去，報告催貢成功的經過，並說自己過不久就會押著貢物返京。

當時由各省送進京城的奏章，都要先呈到丞相府彙整。嚴嵩赫然看見海瑞的奏章，才知道自己刺殺海瑞的計策又失敗了，還給了海瑞一次立功的機會。

嚴嵩越想越氣，趕緊找趙文華和桂岳來商議說：「海瑞竟然說動了安南國國王，過不久就會押貢物回京。我們派冼充去刺殺海瑞，不知為何沒成功？倘若冼充背叛我們，反而投靠海瑞，海瑞一定會帶著他回朝作證，在皇上面前告我們的狀。這一來，我們豈不是大禍臨頭了？」

桂岳著急的說：「唯今之計，只有想辦法阻止海瑞回京了。」

趙文華沉思片刻，說：「近年來湖廣一帶盜匪橫

行，官府連番掃蕩都不見成效。丞相可先寫好奏章，陳述湖廣的禍患，明天將海瑞的奏本一併申奏，推薦海瑞擔任湖廣巡撫，就近前往湖廣平亂。」

「妙計！」嚴嵩大喜，立刻依計行事。

第二天嘉靖皇帝批准了嚴嵩的奏章，嚴嵩立即派差官帶著聖旨，騎上快馬，日夜兼程趕到南關等候海瑞。

海瑞和安南國國王的使者押著貢物，才剛進入南關，就被差官攔下來宣讀聖旨，升海瑞為湖廣巡撫，即刻前往湖廣平亂。海瑞只好將貢物點交給差官，帶著海安前往湖廣就任。

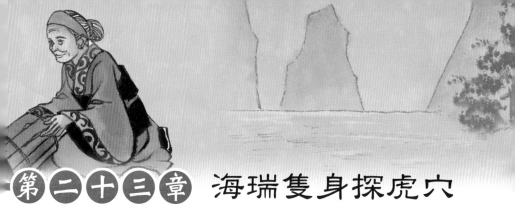

第二十三章 海瑞隻身探虎穴

　　海瑞帶著海安一進入湖廣地界，便沿路考察農業，探訪民情。他這才了解到湖廣地區因為地方遼闊，民風剽悍，一些不務正業的人經常結黨聯盟，欺壓善良。當地的土匪甚至還勾結官兵，讓官兵替他們通風報信，常常在官府出動要圍剿之前，早一步得到消息，逃逸無蹤，因此惡勢力越來越囂張。

　　當地百姓最痛恨的土匪，是衡州的周大章。周大章身材魁梧，個性粗暴，力氣大得驚人。他的父親是個富商，留下龐大的遺產。他自從父親死後，就不肯安分的做生意，起初還有一點畏懼母親，只是請幾位會武藝的師父，到家裡來教他舞槍弄棒。漸漸的，他交遊越來越廣闊，膽子也越來越大，成天帶領一群狐朋狗友，到酒樓娼館玩樂吃喝，在街頭巷尾打架鬧事，欺負善良的百姓。

　　周大章不到三年，就把自己弄得惡名昭彰，龐大的家產也花了個精光。他過慣了花天酒地的日子，哪

肯安分的過窮日子？為了找錢花用，便糾集他的狐群狗黨到處詐欺勒索，打家劫舍，做起了沒本錢的買賣。

周大章仗著眾多的手下，迅速累積不義之財，然後便開始賄賂官差，替自己脫罪。要是鬧出官府追查嚴格的案子，就找手下替他頂罪。所以他雖然壞事做盡，卻始終逍遙法外。

衡州有一條大河，兩岸的行人都必須依靠擺渡才能過河。周大章把所有靠擺渡維生的船家都趕跑，自己在渡頭經營一艘大渡船，因此兩岸往來只能搭他的渡船，而且還必須湊足一百名客人才肯開船。急著渡河的人，得花上大把銀子，才能請他立刻開船。一到晚上，周大章就派手下扮成搶匪，將渡客的錢財洗劫一空。衡州府裡，被周大章設計掠奪過的人家，已經幾百家，官府卻視而不見。附近的百姓在夜間寧願繞遠路，也不敢搭周大章的船，稱他的船為「閻王渡」。

海瑞帶著海安一路訪查下來，並沒有人知道他是新任的巡撫大人。海瑞一接近衡州，在

路上就聽到周大章閻王渡的惡名。當晚一住進客棧，就想要前往查探。海安連忙提醒他：「老爺千萬別去！小的記得在關帝廟求的籤詩當中有『夜渡禍還深』的句子，可見閻王渡一定凶險萬分。老爺不如等上任後，再派官兵前去捉拿。」

海瑞回答：「我身為巡撫，既然有機會為皇上分憂，為民除害，就該立即行動，怎能畏縮不前呢？」

海瑞叫海安留在客棧中看守行李，獨自來到衡州渡頭，不見任何船隻，卻有許多人聚在碼頭等候擺渡。海瑞便混入人群中聽他們談話。

「唉！今天得等到傍晚才開船，我們可有得等了！」

「就是凌晨開船，你也得等，不然上哪兒去找渡船呢？」

海瑞聽到他們的談話，覺得奇怪，便問他們：「這條河寬不過百丈，為什麼擺渡要等那麼久？」

誰知旁邊那幾個人居然嚇得連忙搖頭說：「不要多嘴，免得連累我們！」

海瑞詫異的追問：「老丈為何說得那麼嚴重？就是官府經營的渡船，來得遲了，也容許百姓批評呀！」

「唉！你是外地人，不曉得本地的情形。萬一得

罪了這艘渡船的主人，可是擔當不起呀！」

「就算他的擺渡領了官府的執照，也不過是個渡夫，怕什麼？」

「我們這兒的渡船雖然不是官渡，可是卻比官渡還厲害呢！」

海瑞又問：「既然不是官渡，會有什麼厲害的？」

那名老者趕緊阻止海瑞發問，低聲說：「小聲點！我們去那邊的樹下說吧！」說著就拉著海瑞遠離人群。

海瑞一來到樹下，就迫不及待的問：「我是外鄉人，不明白這兒的情形，請老丈多給我指教，以免冒犯了你們的鄉規。感激不盡！」

「這渡口原本有許多渡船，那個閻王一來，就帶領手下拿刀槍恐嚇，把所有的渡船都趕走，只留下他那一艘大船在這兒擺渡。每次都要湊足一百人才肯開船，少一個都不行。」

海瑞憤慨的說：「豈有此理！原來在這兒擺渡維生的渡夫，要靠什麼餬口？難道他們都沒有去向官府反映？」

「噓，小聲點，免得被閻王的爪牙聽到了。」

老者壓低嗓子，將周大章賄賂官府、魚肉鄉民的種種罪行，一一說給海瑞聽。

海瑞問：「難道周大章沒有家小，豈能任由他胡作非為？」

「怎會沒有？他的老母和妹妹就住在前面的獅子坡。」

「既然有老母和妹妹，就該體念骨肉之情。他這樣橫行霸道，有一天被繩之以法，家人要由誰照顧？」

「他的家人不要被他拖累就萬幸了，哪敢指望他照顧。啊！開船的時間快到了，我要去等渡船了。」

海瑞和老者道別之後，心想：「我決心要為民除害，就該將周大章列為緝捕的頭號要犯。既然他的家就在前面，我就順便去探個究竟，日後好差人來捉拿。」於是就大步朝老者所指的方向走去。

海瑞沿著河邊走，沿路打聽周大章的住家，很快就來到周大章的家門口。海瑞看見門扉緊閉，不敢貿然去叩門，只好坐在河邊觀察動靜。才過一下子，他就看見一個老婦開門出來，提著水桶來河邊汲水。

海瑞暗自盤算：「這一定是周大章的母親，看來要查探消息，只能透過她了。」於是就故意大聲嘆氣。

周大章的母親余氏聽到海瑞長嘆，不由得動了惻隱之心，問他：「這位客官，我看你不是本地人，為何在這裡嘆氣？」

海公大紅袍全傳

「我從廣東來這裡投靠一個做生意的好朋友，哪知道好友已經回家鄉去了。我的旅費已經用盡，所以才坐在這兒發愁。今天晚上，還不知睡哪裡好呢！」

余氏看他可憐，就說：「你光是在這裡坐著也沒用啊！還不如去尋找鄉親，先借點銀子回鄉去。」

「我也想這麼辦。可是我從昨晚到現在，都沒吃半點東西，又走了一天的路，現在連一絲力氣都沒有了。」

「唉！真可憐！你先到我家去，我弄一頓飯給你吃，然後在我家住一晚，明天再繼續趕路。」

海瑞趕緊道謝，跟隨余氏來到周大章家中。

余氏把海瑞安頓在一間空房，房裡有一座土炕，兩旁擺著竹桌椅，牆壁上釘著架子，架上排滿了鋒利的刀槍，閃閃發亮。過沒多久，余氏送來飯菜，看著海瑞吃完，收走碗筷，點亮油燈，這才帶著微笑離開。

海公大紅袍全傳

第二十四章 海瑞僥倖逃出生天

海瑞坐在炕上想著:「余氏這麼善良,可惜卻養出一個無惡不作的兒子。將來破案時,我一定要格外寬恕她,回報她的恩德。可是我現在枯坐在這兒,對於破案毫無幫助,豈不是白來了?」

海瑞下炕拉開竹桌的抽屜,看見裡頭放著一封信,便隨手拿起來看,原來是衡州知府關上遙寫來的,告訴周大章上回搶劫七百銀兩的案子,已經東窗事發,提醒他要趕快殺被害人滅口。

海瑞看了,不禁義憤填膺,心想:「可惡的關上遙,身為父母官,不照顧百姓就算了,竟然還勾結盜匪荼害百姓,真是令人髮指!」於是便把信收在袖子內,準備當證據。

海瑞正想睡覺,忽然聽見隔壁屋子傳來一陣急促的敲門聲。一個男人的聲音說:「時候還早,為什麼就鎖門了?」

「你又去哪兒喝得這樣醉醺醺?今天難道不用擺

渡賺錢嗎？」余氏斥罵說。

「別囉嗦了！快扶我到裡面去睡。」

「你的房間裡頭有一位借宿的客人，別吵醒他。你在這裡睡吧！」

醉漢吃驚的說：「我的房間內有很要緊的東西，怎麼能讓陌生人在裡頭借宿！」說完便帶著醉意，跌跌撞撞的走到房門口。

海瑞聽那醉漢的口氣，分明就是周大章無疑，又聽到他撞門的聲響，一時之間要逃也不是，要留也不是。

海瑞正在左右為難的時候，門被撞開了，周大章跌了進來。他一看見海瑞，不分青紅皂白，抓住就罵：「你是什麼人？竟敢來窺探老子的祕密！」

「請先放手，聽我解釋。」

周大章將手一推，海瑞立刻跌倒在地，余氏趕緊把他扶起來，說：

「別怕！別怕！他喝醉了，請別見怪！」

海瑞還沒來得及回答，周大章便一臉凶殘的罵：「還不快說，難道要老子動手不成？」

海瑞戰戰兢兢的說：「我是個迷路的外鄉人，承蒙老太太好意，讓我借住一宿。不知道壯士回來，沒有

迴避，請壯士別見怪。」

「你既然迷了路，為何不向大馬路走，反而走向我家這條斷路。明明就是要來窺探我的消息。快說，如果敢隱瞞，就送你一刀。」周大章說著，從腰間抽出一把利刃來威脅海瑞。

「我真的是迷路的外鄉人，絕不敢欺騙大爺！」余氏也在一旁幫海瑞解釋、求饒。

周大章根本聽不進去，他將母親趕走後，將房門反扣起來，警告海瑞：「老子現在睏了，明天再跟你算帳！」說完，拉一張大竹椅來頂住房門，躺在竹椅上便呼呼大睡。

海瑞看見周大章把房門頂著，睡得鼾聲大作卻還緊握利刃。他心想這次逃不掉了，後悔沒聽海安的建議，不禁傷心起來。

余氏回房後，流著淚對女兒蘭香說：「妳哥哥平常都不回來，今天我留一個可憐人在他房間過夜，他偏偏卻回來了。他拿出利刃，將房門緊扣，這不是存心要對方的性命嗎？好端端一條性命卻被我斷送掉，我良心不安哪！」

蘭香說：「您知道哥哥向來多

疑，怎能留陌生人在家過夜呢？我們應該想個辦法救他才對！」

「可是妳哥哥把他關在房裡，自己頂著門睡覺，如何救他出來呢？」

蘭香尋思片刻，說：「有了！哥哥酒醉還沒清醒，我們趁現在從外頭把窗戶的外框挖開，將窗戶卸下來，讓他跳窗逃走。哥哥醒來後，會以為是他自己卸下窗戶逃走的，就不會連累我們了。」

余氏覺得可行，催促蘭香立刻行動。兩人來到窗外，聽到屋內周大章鼾聲如雷，便小心翼翼的將窗戶卸下。

海瑞看見余氏母女出手相救，趕緊跳出窗戶。余氏帶他來到後門口，指路說：「你快順著這條路逃走，往西直走三里就到城裡了。」

海瑞向余氏道了謝，便趁著月色，朝她指點的路徑奔逃。回到城裡的客棧，已經是深夜。海安正在擔心主人的安危，看見他平安歸來，連忙侍候他梳洗一番，兩人一同來到衙門。海安上前對守門的軍官說：「新任巡撫來訪，有機密要見指揮使大人。」

那名軍官趕緊入內通報，指揮使在睡夢中被喚醒，連忙出堂迎接。海瑞出示聖旨後，約略將閻王渡的事

告訴指揮使，命令他立刻逮捕周大章。指揮使聽說巡撫大人險些遇害，大吃一驚，馬上傳令，派了百名官兵去捉拿周大章。

周大章睡到天快亮時口渴醒來，正想喊余氏拿水過來，一看房內空蕩蕩，猛然想起昨夜有個陌生人在房內，再一看，只見窗戶洞開，頓足說：「不好了！想不到這傢伙竟然卸下窗戶逃走了。」

周大章正想出門去追時，官兵早已將房子團團圍住，他想逃也逃不了，只能乖乖束手就縛。

海公大紅袍全傳

海瑞掃除地痞和貪官

　　海瑞命指揮使去逮捕周大章後，就穿上唯一的那一件大紅官袍，戴上烏紗帽，去巡撫的衙署辦公。這時，湖廣巡撫治理下的各級官員，和各地知府都來參見。

　　海瑞下令升堂，又吩咐在辦公桌兩旁擺設公案，請兩司＊就坐，然後傳本地知府關上遙上堂來見面。

　　關上遙早已習慣賄賂上司，他以為新任的巡撫大人也指望他貢獻財寶，得意洋洋的走進大堂行禮，正想退到一旁，海瑞就問他：「貴府上任多久了？」

　　「卑職前年上任的。」

　　「本院奉聖旨來此地平亂，聽說本地盜匪十分猖獗，貴府可知本地最著名的盜匪是哪些人嗎？」

　　「湖廣居民性好勇武，之前是有幾名強悍的盜匪。

＊兩司：巡撫之下屬，負責一省行政及訴訟的官職。

但是自從卑職到任以後，都已經被緝捕歸案，所以治安還算良好，不必勞煩大人掛懷。」

海瑞存心試探，又問：「關知府的用心，讓本地百姓都能安居樂業，本院十分欣慰。但是聽說本地有個周大章，結黨營私，欺壓善良，在衡州渡頭經營閻王渡魚肉百姓，你可知情？」

關上遙辯解：「周大章不過是個渡夫，哪有能力做那些壞事？只因為他皮膚黑，長相凶惡，才得到閻王的綽號。」

「周大章皮膚並不黑，體格倒很魁梧。本院昨晚就住他家，受他關照。他有一封信託本院帶來轉交給你，你看過就明瞭一切了。」海瑞說完，吩咐海安將信拿出來。

關上遙從海安手中接過那封信，一看，大驚失色，想不透自己勾結周大章的書信，為何竟落入巡撫手中！他只好跪下來磕頭狡辯：「這封信絕對不是卑職寫的，有人故意陷害卑職，請大人明察。」

「既然不是貴府寫的，那是本院傳錯了，請將書信交回。」海瑞吩咐海安將信傳給兩司，再將自己上任前沿途查訪，得知周大章危害衡州百姓，便深入虎穴蒐證，險些遇害的經過說出來。

這時<u>關上遙</u>就像是落入陷阱的野獸一樣，感覺大限將至，嚇得魂不附體。他渾身冒汗，只知跪在地上磕頭，嘴裡喊著：「該死！該死！」

兩司看過信之後，異口同聲說：「這知府勾結盜匪魚肉百姓，實在罪無可赦，請大人嚴辦！卑職也有失察的過失，請大人處分！」說完，兩人一起離座，退到階下。

<u>海瑞</u>請兩司回座，問<u>關上遙</u>：「你勾結盜匪，現在還要狡辯嗎？」

「下官該死！求大人開恩！」<u>關上遙</u>叩頭求饒。

<u>海瑞</u>大怒說：「你這種陷害百姓的貪官，比盜匪更可惡，豈能為你開恩！」立刻喝令左右：「將知府的官服剝下，押進監獄，聽候審判。」

<u>關上遙</u>被押下去不久，<u>周大章</u>就被押解來了，跪在大堂階下。

<u>海瑞</u>問：「<u>周大章</u>，你認得本院嗎？」

「小的只是個村民，怎會認得大人呢？」

「你抬頭看看。」

<u>周大章</u>抬頭一看，這才恍然大

悟，原來昨夜他威嚇要殺的陌生人，竟是巡撫大人！他看見知府寫給他的信在巡撫手上，卻只是抵賴，死不認罪。

海瑞很生氣，對著周大章破口大罵：「罪證如山，你還不認罪，先打五十大板再說。」

周大章雖然殺人不眨眼，卻禁不起皮肉之痛，五十大板還沒打完，不但招認了十二項罪名，還供出所有黨羽。

海瑞斬了周大章，肅清他的黨羽之後，衡州的百姓人人稱快，都十分感激海瑞。

海瑞接著又去巡視別的郡，所到之處，絕不招搖擾民，也不許下屬逢迎巴結，使得湖廣地區的政治越來越清明，百姓都十分愛戴他。

湖廣地區的盜匪都平定之後，海瑞便駐紮在長沙辦公，然後派海安去歷城接夫人來長沙同住。

海瑞愛民如子，湖廣地區在他的治理之下，盜匪絕跡，人人安居樂業。嘉靖皇帝聽說了他的政績，大為讚賞，等他三年任滿，便降旨調海瑞回京城，升任戶部尚書＊兼督察院御史。

＊戶部尚書：相當於今日財政部部長。

第二十六章 忠臣萬古流芳

　　以嚴嵩為首的那一班奸臣，原本氣焰十分囂張，他們勾結嘉靖皇帝寵信的太監，在皇帝面前進讒言陷害正直的大臣，毀壞制度，害得朝中、宮中一片混亂。嚴世蕃甚至和當時最得勢的太監王惇勾結，兩人裡應外合，一同狼狽為奸。

　　海瑞一回京，嚴嵩那班奸臣便開始慄慄不安。果然，海瑞不改正義凜然的本色，上任不久，就上奏章陳述太監干政的亂象，建議嘉靖皇帝整肅太監的紀律，恢復宮中的清規。嘉靖皇帝大為贊同，下旨要海瑞立即著手辦理。

　　海瑞整頓過宮中的秩序後，嘉靖皇帝發覺宮中的內侍變得循規蹈矩，態度更加恭敬，就連王惇也不敢再作威作福了。嘉靖皇帝為了表彰海瑞的功績，親筆書寫「盛世直臣」的匾額，賜給海瑞。

　　嚴嵩失去王惇等太監的接應，猶如失去左右手一般，讓他貪汙舞弊、陷害忠良的毒計施展不開來。他

想陷害海瑞，無奈嘉靖皇帝對海瑞十分信任，讓他無計可施。後來南京金陵的戶部尚書出缺，他趕緊聯合其他大臣，保舉海瑞去金陵擔任戶部尚書。

明朝開國皇帝建都在金陵，到永樂皇帝才遷都到北方的燕京。由於金陵是明朝開基建都之地，先帝陵寢、諸王府第都還在當地，因此號稱南京。為了防止眾親王叛變，歷任的皇帝都選派信任的廉能大臣去治理金陵。嘉靖皇帝看過嚴嵩的奏章後，也覺得海瑞最適合擔此重任，便下旨將海瑞調任金陵戶部尚書。

海瑞正想蒐集嚴嵩那一班奸臣的罪證，奏請皇上肅清朝政，忽然接獲調任金陵的聖旨，只好帶著家眷和滿懷的遺憾，前往金陵就任。

海瑞來到金陵以後，依然秉著一介不取的為官之道，盡心盡力處理繁雜的事務，讓眾親王都對他感佩不已。他聽說嚴嵩那一班奸臣又開始勾結太監為惡，每天憂心忡忡，多次上奏章建請皇上罷黜奸臣，嚴禁宦官干政，奏章卻都被積壓在嚴嵩手裡。

海瑞好不容易等到三年任滿，正想請旨回京為皇上肅清亂黨，忽然接到皇上駕崩的哀詔，悲痛萬分，與眾官員掛孝開喪，設位遙祭。後來太子即位，改元為隆慶，依舊任命嚴嵩為丞相。海瑞唯恐嚴嵩繼續危

害國家，便寫奏章參奏嚴嵩和那一班奸臣，派特使送入宮呈給新皇帝。

隆慶皇帝初即位，忌憚嚴嵩勢力過於龐大，因此遵照先皇遺詔，仍以嚴嵩為丞相。他敬重海瑞的人品與膽魄，下旨拜海瑞為文英殿大學士，並派遣使者前往金陵迎接海瑞回京城。

海瑞為了國事太過於憂心焦慮，積勞成疾，病情一天比一天沉重。有一天，他知道自己即將離開人世，就對海夫人說：「我自從當官以來，從沒貪圖過任何好處，也沒為後世子孫聚積任何財寶或恆產，唯一寶貴的東西，就是我那一件穿了一輩子的大紅官袍。我希望它能留下來給子子孫孫當作傳家之寶，也讓我的品格精神留給後世懷念。只是沒讓夫人享受榮華富貴，委屈夫人了。」

海夫人從衣箱內拿出大紅袍，流著淚為海瑞披上，然後握著海瑞的手說：「我當了一輩子的官夫人，雖然沒享受過榮華富貴，但能跟著清廉正直的你一同呵護百姓，對抗惡勢力，留下一世清名，這就是我最想要的了！」

「好！好！那我就可以安心的走了。」

海瑞說完，撫摸著身上的大紅袍，含笑瞑目。

第二十七章　大紅袍的精神

當海道傳被爸媽搖醒時，一睜開眼睛，竟恍如隔世，感覺內心存在著遺憾，脫口就喊：「後來呢？後來呢？」

「什麼後來？」媽媽問。

「你為什麼拿這件大紅袍來穿？」爸爸既納悶又生氣。

「海瑞含笑九泉了，他的死對頭嚴嵩呢？隆慶皇帝曾經被他害得那麼慘，怎麼還讓他當丞相呢？」海道傳對於嚴嵩沒有遭受報應，耿耿於懷。

「你剛剛在作夢嗎？」媽媽又問。

海道傳這才回過神來，坐起身，對爸媽說：「對不起！因為我對這件大紅袍太好奇了嘛！我記得我穿上了這件大紅袍，去照鏡子，竟然就看見祖先海瑞和嚴嵩對抗的一生。海瑞那麼好，卻先過世了；嚴嵩那麼壞，卻還繼續當丞相。老天爺未免太不公平了吧？」

「原來你夢見祖先海瑞呀！這件大紅袍果然有靈

氣喲！」爸爸猛然醒悟，說：「老天爺讓海瑞萬古流芳，讓嚴嵩遺臭萬年，很公平呀！」

「可是海瑞為國為民貢獻一輩子，窮得只留下這件大紅袍。壞蛋嚴嵩享受了一輩子榮華富貴，到頭來也沒有得到報應。不公平！不公平！」

「老天爺是公平的！」爸爸說：「海瑞去世之後，隆慶皇帝得知海夫人想送海瑞的棺木回鄉安葬，卻籌不出路費，不但撥了一萬兩銀子給海夫人，還追贈海瑞為少保*，欽賜少保的冠服入殮下葬。至於嚴嵩的下場嘛……」

「爸，別賣關子了，快說嘛！」海道傳催促說：「嚴嵩的下場一定很慘，對不對？」

「隆慶皇帝在海瑞去世之後，才接到海瑞參奏嚴嵩那一班奸臣的奏章。他不動聲色，暗中派人調查他們的罪狀，等到自己的權力穩固，時機成熟之後，便火速逮捕嚴嵩那一票奸臣入獄，並將他們貪汙的家產全數充公。將這些贓款計算過後，嚴嵩竟然富可敵國呢！」

「太好了！」海道傳拍手說：「真是大快人心！」

*少保：輔佐太子或皇帝的高官。

「沒錯！當百姓聽到海瑞過世的噩耗，都蜂擁到大路上，如同死了父親一般的痛哭不已，一起擺設祭桌遙祭海瑞的英魂。當他們一聽到嚴嵩被抄家入獄的消息，卻是人人上街歡慶，大街小巷鞭炮放得比過年還熱鬧。」

「爸，我現在了解大紅袍當傳家寶的用意了。我一定會效法祖先海瑞，做一個善良正直的人。」

「兒子，你更成熟懂事囉！」媽媽滿臉欣喜的說：「而且，你今天把家裡整理得煥然一新，你說，我該怎麼獎賞你呢？」

「我想要⋯⋯」海道傳吞吞吐吐，思量了片刻才說：「是胖子興他們幾個好朋友來幫我整理的。」

爸爸聽了大吃一驚，問：「是那個老是欺負你的胖子興嗎？他什麼時候變成你的好朋友了？」

「這，這⋯⋯」海道傳不好意思的說：「我學會武術之後，起先把他當成敵人看待，後來把他當成手下對待⋯⋯，我想，以後我應該把他當成朋友才對。」

爸爸聽懂了海道傳話中的玄機，開懷的笑著，拍拍他的肩：「真是我的好兒子！」

海道傳也笑了起來，身上那件大紅袍把他的臉映得好紅，好紅。

第二十七章 大紅袍的精神

海公大紅袍全傳——善良正直

海瑞一生清廉,雖然沒有替子孫留下錢財,他的精神卻成為海家世世代代最珍貴的財產。想一想,並回答下面的問題吧!

1. 你覺得海瑞具備哪些優秀的品格?為什麼?

_____

_____

_____

_____

2. 如果你是海道傳,面對胖子興等人的欺負,你會如何反應呢?

_____

_____

_____

3. 海瑞多次身歷險境，幸好有太子、鄧來儀等人幫助他化險為夷。你的身邊有沒有像這樣的人呢？他曾幫你解決什麼樣的難題？

_____

_____

_____

_____

4. 故事裡，畫匠曾幫元春畫了一張畫像，讓嘉靖皇帝驚為天人。你也試著畫一張自畫像，和大家分享一下吧！

在經典故事中成長

——有圖、有料、有意思

唐三藏西天取經、魯智深大鬧桃花村、

諸葛亮草船借箭、牛郎織女鵲橋相見……

過去，我們讀這些故事長大

現在，我們讓這些故事陪孩子一起長大

豐富的文化應該被傳承，傳統的經典需要有新意

小說新賞，讓經典再現——

🍶 導讀簡明，掌握故事緣起

🍶 內容生動，融合古典新意

🍶 插圖精美，呈現具體情境

🍶 經典新編，富含文學性質

全系列共三十冊　敬請期待

一生不可不讀的三十本經典

影響世界的人

在沒有主色，沒有英雄的年代
為孩子建立正確的方向
這是最佳的選擇

一套十二本，介紹十二位「影響世界的人」，看：

釋迦牟尼、耶穌、穆罕默德如何影響世界的信仰？

孔子、亞里斯多德、許懷哲如何影響世界的思想？

牛頓、居禮夫人、愛因斯坦如何影響世界的科學發展？

貝爾便利多少人對愛的傳遞？

孟德爾引起多少人對生命的解讀？

馬可波羅激發多少人對世界的探索？

他們曾是影響世界的人，

而您的孩子將是——

未來影響世界的人

國家圖書館出版品預行編目資料

海公大紅袍全傳／陳景聰編寫.－－初版一刷.－－臺
北市: 三民, 2012
　　面；　公分.－－(兒童文學叢書／小說新賞)

　ISBN 978–957–14–5678–2　（平裝）

859.6　　　　　　　　　　　　　　101011102

© 　海公大紅袍全傳

編 寫 者	陳景聰
繪 　 者	莊河源
責 任 編 輯	莊婷婷
美 術 設 計	郭雅萍
發 行 人	劉振強
著作財產權人	三民書局股份有限公司
發 行 所	三民書局股份有限公司
	地址　臺北市復興北路386號
	電話　(02)25006600
	郵撥帳號　0009998–5
門 市 部	(復北店) 臺北市復興北路386號
	(重南店) 臺北市重慶南路一段61號
出 版 日 期	初版一刷　2012年7月
編 　 號	S 857650

行政院新聞局登記證局版臺業字第○二○○號

有著作權‧不准侵害

ISBN　978–957–14–5678–2　（平裝）

http://www.sanmin.com.tw　三民網路書店